지킬 박사와
하이드 씨의
기이한 이야기

지킬 박사와
하이드 씨의
기이한 이야기

로버트 루이스 스티븐슨
전승희 옮김

민음사

캐서린 드 매토스에게*

신의 명령으로 엮인 유대를 푸는 것은 옳지 않네.
그래도 우리는 히스와 바람의 자식들로 남아야 하지.
머나먼 타향에서는 오, 아직도 너와 나를 위해,
머나먼 북쪽 나라의 빗자루가 아름답게 나부끼고 있네.

---

* 캐서린 드 매토스는 저자의 사촌으로 보헤미안 예술가들의 초기 모델이었다. 그녀는 시드니 드 매토스와 결혼했다가 이혼했다. 여기 실린 시구는 1885년 5월에 지은 저자의 「아베!」라는 시 2연에서 따온 것이다.

| 차례 |

문(門) 이야기 ——— 9
하이드 씨를 찾아서 ——— 23
지킬 박사는 여유 만만 ——— 43
커루 살인 사건 ——— 49
편지 사건 ——— 60
래년 박사와 관련한 특이한 사건 ——— 71
창가의 사건 ——— 80
마지막 밤 ——— 85
래년 박사의 편지 ——— 112
사건 전모에 대한 헨리 지킬의 진술 ——— 130

옮긴이의 글 | 점잔 떠는 사회의 '위선'을 고발하다 ——— 171

문(門) 이야기

변호사인 어터슨 씨는 엄한 표정에 한 번도 밝은 미소를 지어 본 적이 없는 얼굴을 가진 사람이었다. 이야기를 할 때는 무미건조했으며 말을 아꼈고 태도도 다소 어색했다. 감정을 드러내지 않는 편이고 마르고 큰 키에 표정은 좀 어두워 보였지만, 어딘지 다정한 데가 있는 사람이었다. 친구끼리의 모임이나 포도주가 입에 맞을 때는 뛰어나게 인간적인 어떤 면모가 눈빛에서 느껴지기도 했다. 그 면모는 말로 표현된 적은 없지만 행동을 통해 자주, 분명하게 드러났다. 혼자 있을 때는 좋아하는 포도주를 삼가는 대신 진을 마셨으며, 연극 관람을 즐겼지만 20년 동안 극장 문을 통과한 적이 없을 정도로 스스로에게 엄격했다. 반면 다른 사람들에게는 관대한 편이며, 그 사실은 널리 알려져 있었다. 그는 때로 사람들을 그릇된 행위로 이끄는 술의 마력이 궁금했고 거의 질투에 가까운 감정을 느끼기도 했다. 그리고 곤란에 처한 사람을 보면 그 곤란의 성격을 따지고 나무라기보다 우선 돕는 편이었다. 그는 "나는 카인의 이단 쪽입니다."라고 괴짜처럼 말하곤 했다. "내 동생이 악마에게 가더라도 너 좋은 대로 살라고 그냥 놔둘 겁니다." 그런 성격 덕분인지 그는 몰락의 길을 걷는 사람들의 최후를 지키는 명예로운 지인이 되기도 하고, 그들에게 좋은 영향력을 끼치는 사람이 되는 행운도 종종 누렸다. 사람들이 자신에게 요청하는 한 한결같은 태도로 그들을 대했다.

그것이 어터슨 씨에게 어려운 일이 아니라는 점은 의심할 여지가 없었다. 최선의 행위를 하는 순간조차 과시하지 않았고, 그저 성격이 좋아 두루 우정을 베푸는 사람인 듯했다. 겸손한 사람은 우연히 알게 된 사람들과 좋은 친구로 지내는 법이다. 어터슨 변호사가 바로 그런 사람이었다. 친척의 친구들이나 오랫동안 알아 온 친구들과 지속적으로 우정을 유지했다. 그의 애정은 시간과 함께 자랐다는 점에서 담쟁이에 비유할 만했고, 대상이 누구냐와 전혀 무관했다. 그의 먼 친척이자 사교성이 좋아 런던 시내에 두루 알려진 리처드 엔필드 씨와 그를 결합시키는 우정도 그런 성격임에 의문의 여지가 없었다. 두 사람이 서로에게서 어떤 면을 보는지, 어떤 공통된 관심사가 있는지는 많은 이들에게 수수께끼였다. 일요일날 함께 산보를 하는 그들을 마주친 사람들은 둘이 아무 대화도 나누지 않고 무척 따분한 태도로 걷는 듯했다고, 자신들을 반갑게 부르는 태도로 봐서 그들을 마주쳐 안도한 것이 분명해 보였다고 했다. 그런데도 두 사람 다 그 산보를 무척 중시했고, 매주 놓쳐서는 안 되는 소중한 일로 생각했다. 놀 기회뿐 아니라 심지어 중요한 일거리가 있어도 제쳐 놓고 산보를 즐기는 쪽을 택했으니 말이다.

이 정기적인 산보를 하던 어느 일요일, 한번은 화가의 뒷골목을 걷게 되었다. 그 좁은 거리는 주중에는 장사치들이 우글우글했지만 그날 그 시간에는 비교적 조용했다. 거주자들은 다들 잘 사는 사람처럼 보였는데, 경쟁적으로 더 잘 살려 하는지 자신들이 누리고 남는 것들을 애교 있게 가게 앞에 진열해 놓고 있었다. 덕분에 거리를 따라 보이는 가게 전면은 마치 일렬로 늘어서서 미소 지으며 들어오라고 초대하는 여점원들의 모습처럼 보였다. 더 화려한 매력을 드러내는 것을 삼가고 비교적 통로를 비워 놓는 일요일조차 그 거리는 우중충한 이웃 동네와 대조를 이루며 숲속 불처럼 환히 빛났다. 새로 페인트칠을 한 셔터와 반짝반짝 닦아 놓은 놋쇠, 그리고 전체적으로 깨끗하고 명랑한 분위기로 통행인의 눈길을 즉시 사로잡았고 그들의 기분을 유쾌하게 만들어 주었다.

    길 한끝으로부터 동쪽 방향으로 걸어 내려가다 보면 두 집 건너, 마당으로 들어가는 입구 때문에 건물 전면으로 이루어진 선이 끊긴 곳이 있었다. 바로 그곳으로부터 불길한 인상을 주는 커다란 건물이 거리를 향해 박공을 들이밀고 있었다. 이 2층 건물에서는 창문이 눈에 띄지 않았다. 아래층에 문이 하나 있었지만 위층에서는 눈먼 이마, 즉 색이 바랜 벽만 보였다. 어느 모로 보나 오랫동안 방치해 더러워진 것이 분명한 건물이었다. 종도 노커[현관문에 달린 쇠고리]도 부착되어 있지 않은 퇴색한 문에서는 얼룩덜룩한 기포가 눈에 띄었다. 거지들이 건물 구석에 웅크린 채 벽에다 성냥을 그어 대고 있었으며, 어린아이들은 계단에 가게를 차려 놓았다. 학생 하나가 자신의 칼로 외벽을 두른 목재 장식 돌림띠를 베어 칼날의 날카로움을 시험하고 있었는데, 한 세대 가깝게 아무도 이 불청객들을 쫓아내거나 그들이 건물에 낸 상처를 수리하려 시도하지 않은 것처럼 보였다.

엔필드 씨와 어터슨 씨는 길 건너편 쪽에서 걷고 있었는데, 두 사람이 건물 입구 맞은편에 도착했을 때 엔필드 씨가 지팡이를 들고 그 건물을 가리키며 물었다. "전에도 저 문을 본 적 있나?"

친구가 그렇다고 대답하자, "저 문을 보면 무척 기이한 사건이 떠오르네."라고 엔필드 씨가 덧붙였다.

"그런가?" 어터슨 씨가 약간 변한 목소리로 말했다. "무슨 사건이지?"

"그러니까, 이런 일이네." 엔필드 씨가 대답했다. "어느 겨울날 아직 어두컴컴한 새벽 3시경에 내가 아주 먼 데서 집으로 돌아가고 있었네. 가는 길에 가로등 외에는 문자 그대로 볼 게 전혀 없는 동네를 통과하게 되었지. 거리를 걷고 또 걸어도 모두 잠들어 있고 가고 또 가도 어디나 교회처럼 텅 비어 있었는데, 마치 행렬이라도 되는 양 가로등이 서 있었어. 아무리 귀 기울여도 아무 소리도 들리지 않아 마침내 순경이라도 한 사람 마주쳤으면 하고 바랄 즈음이었지. 갑자기 두 인물이 보였어. 하나는 동쪽을 향해 기운차게 걸어가고 있는 체구가 작은 사나이였고, 다른 하나는 그 길과 교차하는 길로 힘껏 뛰어가던 여덟 살이나 열 살쯤 되어 보이는 계집아이였어. 그러다 두 사람이 당연히 두 길이 교차하는 모서리에서 마주쳤지. 그러자 아주 끔찍한 일이 일어났어. 사나이가 계집아이를 아주 냉정하게 마구 짓밟은 다음, 계속 비명을 지르고 있는 아이를 그냥 길바닥에 버려두고 가더라고. 소리야 별것 아니었지만 참으로 끔찍한 광경이었지. 사람이 아니라 망할 놈의 크리슈나 신상(힌두교 신화에 나오는 영웅신) 따위 같더라고. 나는 사냥감을 발견했다고 외치는 사냥꾼처럼 소리를 지르며 재빨리 뛰어가 사내의 목덜미를 잡았지. 그러고는 그를 끌고 여전히 비명을 지르고 있는 아이 곁으로 갔네. 주변에는 이미 사람들이 상당히 많이 모여 있었어. 사내는 무척 침착했고 전혀 저항하지 않았네. 하지만 나를 한 번 노려봤는데, 눈초리가 어찌나 사납던지 땀이 뻘뻘 날 지경이었네. 모여든 사람들은 아이의 가족이었어. 그리고 곧 의사가 도착했네. 의사는 아이 상태가 크게 나쁘지는 않다고 했네. 그냥 겁에 질린 거라고. 그러니까 일이 거기서 끝났으면 별일은 아니지. 그런데 한 가지 신기한 점이 있었어. 나는 그 사내를 보자마자 아주 끔찍한 혐오감이 느껴졌거든. 아이 가족도 당연히 그렇게 느꼈고. 그런데 의사의 경우는 상황이 좀 다르지. 그래서 특이했다는 거야. 의사는 나이나 성격 면에서 특별한 점이 없고, 강한 에든버러 사투리를 쓰는, 백파이프만큼이나 무덤덤하고 평범한 사람이었거든. 그런데 그도 우리와 같은 반응을 보였어. 내가 붙잡은 사내를 볼 때마다 죽이고 싶은 욕구를 느끼면서 욕지기가 치밀고 얼굴이 하얗게 질리는 게 눈에 띄더라고. 그의 심정이 아주 잘 이해가 갔지. 그리고 그도 내 심정을 이해하는 것처럼 보였어. 하지만 그 사내를 죽일 수는 없으니 우리는 차선을 택했지. 그에게 우리가 이 사건에 대해 소문을 낼 수도 있다. 그렇게 되면 그 추문 때문에 네 이름이 런던 어디를 가나 악취를 풍기게 될 거라고, 친구나 주변의 신뢰를 잃게 될 거라고 말했지. 그에게 화가 머리끝까지 치민 상태에서 이야기하는 한편, 있는 힘껏 그에게서 여자들을 떼어 놓았지. 여자들이 하르퓌아(그리스 신화에 나오는 날개 달린 정령들)처럼 난동을 부렸거든. 그때만큼 증오에 찬 사람들이 그렇게 많이 모여 있는 장면은 처음 보았네. 그 남자는 그 와중에도 냉정을 유지하더군. 사악하고 조소하는 듯한 표정이었어. 겁에 질리기도 했지. 그 점도 눈에 띄기는 했어. 하지만 그 친구 진짜 사탄처럼 당당하더란 말일세. "이 사고를 큰 사건으로 만드신다면." 그가 말했어. "물론 내가 할 수 있는 일은 없소. 신사라면 소란을 피하려는 것이 당연하겠지요." 그러고는 "얼마면 되겠소."라고 말했지. 그래서 우리는 그 아이의 가족을 위해 100파운드를 달라고 했어. 자기 뜻대로라면 끝까지 저항하고 싶었겠지. 하지만 우리가 진짜 가만히 안 있을 것이 분명했단 말일세. 그래서 그가 우리를 데려간 곳이 어디인 줄 아나? 바로 저 문이 달린 집이었네. 열쇠를 꺼내더니 들어가서 곧 10파운드 금화 하나와 코우츠 은행의 잔고에서 나머지 돈을 지불하라는 수표 — 수표를 가져온 사람에게 지불하라고 쓰인 — 를 가지고 나왔어. 수표의 서명자 이름을 지금 언급할 수는 없지만, 실은 그게 내 이야기의 핵심 중 하나야. 아무튼 아주 잘 알려진, 활자화가 자주 되는 사람의 이름이었어. 액수는 상당했지만, 서명이 진짜라면 그보다 훨씬 많은 돈을 줄 수도 있는 사람이었지. 나는 그 신사에게 지불 방법이 미심쩍다고, 새벽 4시에 남의 집 지하실에 들어가 다른 사람이 서명한 100파운드에 가까운 수표를 가지고 나오는 일은 실제로 일어나지 않는 법이라고 말했지. 그런데 그는 무척 편안한 태도로 비웃듯이 말했어. "안심하시오. 은행이 문을 열 때까지 같이 있다가 직접 현금으로 찾아서 드릴 테니." 그래서 우리 모두, 의사와 그 아이 아버지와 그 사내와 나는 우리 집으로 가서 아침이 올 때까지 내 방에서 기다리다 조반을 먹고 함께 은행으로 갔지. 내가 그 수표를 내보이면서 위조 수표일 가능성이 농후하다고 말했지. 하지만 아니었어. 진짜 수표였어.

"쯧쯧." 어터슨 씨가 말했다.

"나와 같은 기분이구먼." 엔필드 씨가 말했다. "그래, 고약한 이야기지. 왜냐하면 그 사람은 누구도 관여할 수 없는, 정말 형편없는 사람인데, 그 수표를 쓴 사람은 최고로 예의 바른 사람, 명성도 있는 데다 보통 선행이라 부르는 일을 하는 도덕가 중 하나거든. 그에게 공갈 협박을 당하고 있는 거겠지. 정직한 사람이 젊은 시절 한때의 실수로 두고두고 돈을 뜯기는 경우 말일세. 그 뒤로 나는 저 문이 달린 저 집을 공갈 협박의 집이라 부르네. 하지만 그것조차 사태 전부를 설명하기에는 부족해. 자네도 알다시피……" 그가 덧붙이고는 생각에 잠겼다.

하지만 갑자기 어터슨 씨가 다음과 같이 묻자 엔필드 씨는 생각에서 깨어났다. "그래, 그 수표를 쓴 사람이 진짜 저곳에 사는 사람인지 아닌지 모르고 있나?"

"정말 그런 사람이 살 만한 곳이지?" 엔필드 씨가 대답했다. "하지만 내가 수표에 쓰인 사람의 주소를 보았거든. 그 사람은 다른 구역에 살더라고."

"그러고 나서 자네는 저 문이 달린 저 집에 사는 사람에 대해 한 번도 탐문해 보지 않았나?" 어터슨 씨가 말했다.

"안 했네. 나는 그런 일에는 신중한 편이니까." 엔필드 씨가 대답했다. "나는 함부로 남에 대해 탐문하지 않거든. 최후의 심판일 같은 느낌이 너무 난단 말이야. 일단 물어보고 나면 그 행위는 돌을 하나 놓는 것과 비슷하지. 물어본 사람은 언덕 위에 조용히 앉아 있지만 그 돌은 계속 굴러 내려가 다른 돌을 건드리고, 이윽고 무해한 늙은 새(그가 전혀 생각지도 않은 존재지.)가 자기 집 뒷마당에 멀쩡히 앉아 있다 불시에 머리를 한 방 맞고, 그의 가족은 이름을 바꿔야 하는 사태가 발생하지. 아닐세, 내게는 원칙이 있네. 퀴어 스트리트[Queer Street, 곤란한 상황이나 경제적 파산 등을 뜻하는 관용어], 즉 곤란한 상황인 것처럼 보이면 보일수록 묻는 일을 삼간다네."

"아주 좋은 원칙일세." 변호사가 말했다.

"하지만 집에 대해서는 좀 조사해 보았지." 엔필

드 씨가 말을 계속했다. "집이라 부르기도 좀 그런 곳이네. 문은 저 문 하나인데, 가끔 바로 내가 만난 그 신사가 들어왔다 나가는 외에는 아무도 출입하지 않네. 2층에 중앙 마당을 향해 창이 세 개 나 있지만 아래층에는 하나도 없네. 창문들은 항상 닫혀 있지만 깨끗하지. 그리고 굴뚝이 있는데 늘 연기가 나오고 있어. 누군가 그 안에 살고 있는 게 틀림없어. 그렇지만 아주 확실한 것은 아니야. 여러 건물들이 중앙 마당 주변에 바짝 붙어 있어서 어디서 한 건물이 끝나고 다음 건물이 시작되는지 구분하기가 쉽지 않거든."

두 사람은 다시 잠시 아무 말 없이 걸었다. 그러다 어터슨 씨가 말했다. "엔필드, 자네의 원칙은 좋은 원칙이네."

"그래, 나도 그렇게 생각하네." 엔필드 씨가 대답했다.

"그렇지만……" 변호사가 말을 이었다. "한 가지 묻고 싶은 것이 있어. 그 아이를 짓밟은 사람의 이름이 궁금하네."

"글쎄." 엔필드 씨가 말했다. "알려 주어서 나쁠 일은 없겠지. 그 사람은 하이드라는 이름을 가진 사내였네."

"흠." 어터슨 씨가 말했다. "어떻게 생긴 사람인가?"

"묘사하기 쉽지 않은 사람이네. 그의 외양에는 뭔가 잘못된 점이 있어. 어딘지 불쾌하고, 아주 혐오스러운 점이. 그렇게 고약한 기분을 주는 사람은 처음 보네. 하지만 이유를 잘 모르겠어. 어딘가 불구인 것이 틀림없네. 불구라는 느낌을 강하게 주지. 하지만 구체적으로 어디가 불구인지는 알 수 없네. 특이하게 생긴 사람인데, 구체적으로 어디가 이상하다고 말할 수가 없어. 파악이 안 되네. 그를 묘사할 수가 없어. 그렇다고 기억이 안 나는 것은 아니야. 지금 이 순간에도 그 모습이 생생하게 떠오르니까."

어터슨 씨는 다시 아무 말 없이, 깊은 생각에 잠긴 것이 분명한 표정으로 몇 발자국 더 걸어갔다. "그 사람이 열쇠를 사용해서 들어간 것이 분명한가?" 마침내 그가 물었다.

"아니 이 사람……." 엔필드 씨가 너무 놀라 말문을 열었다.

"그래, 나도 아네." 어터슨 씨가 말했다. "내 질문이 이상하게 느껴지겠지. 실은 내가 자네에게 다른 사람의 이름을 묻지 않는 이유는 이미 그 이름을 알고 있기 때문일세. 그러니까 리처드, 자네 이야기는 오늘 임자를 아주 잘 만난 것이네. 만일 자네 이야기에서 부정확한 부분이 있다면 지금이라도 수정하는 게 좋을 거야."

"진작 말해 주지 그랬나." 상대방이 조금 퉁명스럽게 대꾸했다. "시쳇말로 아주 현학적일 정도로 정확하게 묘사한 걸세. 그 사람은 열쇠를 가지고 있었어. 그리고 지금도 가지고 있지. 지난주에도 사용하는 것을 보았으니까."

어터슨 씨는 깊은 한숨을 쉬었지만 아무 말도 하지 않았다. 그러자 엔필드 씨가 말을 이었다. "이것이야말로 함부로 이야기를 해서는 안 된다는 교훈을 보여 주는 또 하나의 사례로군." 그가 말했다. "혀를 함부로 놀린 사실이 부끄럽네. 다시는 둘 다 이 이야기를 꺼내지 않기로 약속해서 상쇄하기로 하세."

"진심으로 동의하네." 변호사가 말했다. "악수로 약속하세, 리처드."

하이드 씨를 찾아서

그날 저녁 어터슨 씨는 우울한 기분으로 자신의 독신자 거처로 돌아와 입맛이 당기지는 않지만 억지로 식탁에 앉았다. 일요일이면 저녁 식사를 끝낸 뒤 벽난롯가에 앉아 독서용 책상에 놓인 건조한 신학책 하나를 집어 들고는 했다. 부근의 교회 종이 자정을 알릴 때까지 읽다 자정이 되면 맑은 정신과 감사한 마음으로 잠자리에 드는 것이 그의 습관이었다. 그러나 그날 저녁에는 식탁을 물리자마자 초를 들고 사무실로 들어갔다. 그리고 금고를 열고 가장 깊숙한 곳에 보관해 두었던, 겉에 "지킬 박사의 유언"이라 적힌 봉투를 꺼냈다. 이어 봉투 안에서 서류를 꺼내 자리에 앉은 뒤

찌푸린 얼굴로 내용을 살펴보았다. 그것은 자필 유언장이었는데, 유언장 작성을 주관하던 어터슨 씨가 직접적인 도움을 주는 일을 단호히 거절했기 때문이었다. 그 유언장에는 의사이자 법학박사이며 왕립학회 회원인 헨리 지킬이 사망할 경우 그의 재산 모두를 그의 "친구이자 피후견자인 에드워드 하이드"가 물려받게 될 거라고 쓰여 있었다. 그뿐만 아니라 지킬 박사가 "3개월 이상 행방불명이 되거나 설명 없이 부재"할 경우에도 에드워드 하이드가 그의 하인들에게 지급하는 작은 액수의 급료를 제외하면 다른 어떤 부담을 지지 않고 헨리 지킬의 위치를 즉각적으로 승계한다고 적혀 있었다. 이 문서는 오랫동안 어터슨 씨의 마음을 괴롭혀 왔다. 변호사로서 볼 때도 변덕스러운 행동은 겸손하지 못한 것으로 보이고, 건전하고 관례에 따른 삶의 자세를 사랑하는 사람의 입장에서 볼 때도 받아들이기 어려운 문서였다. 그런데 지금까지는 하이드 씨가 누구인지 모르기 때문에 분개했다면, 이제는 어쩌다가 갑자기 그의 정체를 알게 되었기 때문에 분개하게 된 것이다. 그 이름을 듣고 정체를 알 수 없다는 사실만으로도 이미 문제는 심각했다. 그런데 이제 그는 혐오스러운 인간이라는 옷까지 입은 것이다. 더욱이 끊임없이 변하는 비현실적인 안개를 뚫고 갑자기 어떤 존재가 뛰쳐나와 악령이 분명한 그 자태를 드러냈으니, 상황은 더욱 악화되었다.

'정신이 나가서 그런가 보다 생각했었는데,' 그가 그 불쾌한 서류를 금고 속에 다시 넣으며 혼자 말했다. '이제 보니 불명예스러운 일 때문이 아닌지 염려되는군.'

어터슨 씨는 그 말과 함께 촛불을 불어 끈 뒤 외투를 입고 캐번디시스퀘어 방향으로 길을 나섰다. 캐번디시스퀘어는 의료 중심지로 위대한 의사인 래년이 쇄도하는 환자를 돌보는 사무실 겸 집이 있는 곳이기도 했다. 어터슨 씨는 '만일 사연을 아는 사람이 있다면 래년일 테지.'라고 생각했다.

엄숙한 태도의 집사가 그를 알아보고 반갑게 맞이했다. 그는 식당 문 쪽으로 바로 안내되었고, 식당에서는 의사 래년이 혼자 앉아 포도주를 마시고 있었다. 래년은 다정하고 건강하며 말쑥한, 혈색 좋은 얼굴의 신사였다. 일찍 센 헝클어진 머리를 하고 있었고, 단호하고 활발한 태도를 지닌 인물이었다. 어터슨 씨가 들어서자 그는 자리에서 벌떡 일어나 양손을 내밀며 반갑게 그를 맞이했다. 평소 태도가 그렇듯 그의 다정한 태도도 다소 과장되어 보였지만 실은 진심을 담은 태도였다. 두 사람은 오랜 친구 사이였다. 고등학교와 대학 시절 내내 친하게 지냈는데, 둘 다 자부심과 상대방에 대한 존경심이 있었고, 함께 시간 보내기를 즐겼다.

어터슨 씨는 먼저 이런저런 이야기를 주고받다 계속 마음 한구석에 꺼림칙하게 남아 있던 문제에 대해 말문을 열었다.

"내 생각에, 래년." 그가 말했다. "자네와 내가 헨리 지킬의 가장 오랜 친구가 아닐까 싶은데?"

"우리가 좀 더 젊어서 그렇게 오랜 친구라 말하지 않아도 되면 좋겠지만," 의사 래년이 킬킬대며 웃었다. "그 말이 맞을 것 같군. 갑자기 왜? 나는 요새 그 친구 만난 적이 없는데."

"그런가?" 어터슨 씨가 말했다. "두 사람에게 공통 관심사가 있어서 나보다 더 친하다고 생각했는데."

"그랬었지." 래년이 대답했다. "하지만 헨리 지킬이 너무 기발한 공상에 탐닉하는 바람에 나와 사이가 멀어진 지 10년도 넘었네. 그 친구 좀 이상해졌어. 정신적으로 말이야. 그런 뒤에도 물론 흔히 하는 말로 옛정을 생각해 계속 그 친구에게 관심을 기울이기는 했지만, 요새는 그 친구를 통 못 보았네. 과학에 대한 관심을 그렇게 황당하게 전개시켰더라면." 갑자기 얼굴이 붉으락푸르락해지며 래년이 덧붙였다. "다몬과 핀티아스라도 사이가 멀어졌을 거야."*

래년의 모습으로 봐 크게 화가 난 것은 아닌 듯해서 어터슨 씨는 마음이 조금 놓였다. 그리고 '그냥 과학적인 문제를 두고 의견이 좀 갈렸을 뿐이야.'라고 생각했다. 본인은 과학에 별로 관심이 없었기 때문에(부동산 양도라는 문제에 관한 과학이 아니라면) 심지어 '그보다 더 나쁜 일은 아니야!'라고 덧붙여 생각했다.

---

* 다몬과 핀티아스는 그리스 신화에서 가장 우정이 두터운 것으로 알려진 두 친구의 이름이다. 핀티아스가 사형을 당할 처지에 놓이자 다몬이 대신 감옥에 갇히기를 선택하며, 그 우정에 감동한 디오니소스가 그들을 풀어 준다.

그리고 친구가 냉정을 되찾을 때까지 조금 기다렸다가 진짜 하고 싶었던 질문을 던졌다. "그의 피후견인을 만난 적 있나? 하이드라는 사람인데?"

"하이드?" 래년이 그 이름을 되풀이했다. "아니, 전혀 들어 본 적 없는 이름인데. 나와 가깝게 지내던 시절 이후의 일인가 보군."

어터슨 변호사는 더 이상의 정보를 얻지 못하고 커다랗고 어두운 자신의 침대로 돌아왔지만, 밤새 잠자리가 뒤숭숭했다. 그 밤은 그의 왕성한 정신에게 별로 편하지 않은 밤이었다. 수많은 질문에 포위된 채 어둠 속에서 활발하게 사고를 전개했기 때문이다.

어터슨 씨가 그 문제와 씨름하는 사이 그의 집에서 가까운 거리에 있는 교회의 종이 6시를 쳤다. 그때까지는 그의 궁금증이 지적인 면으로만 작동했는데 이제는 상상력도 움직였다. 아니, 그의 상상력은 그 문제에 사로잡힌 노예가 되었다. 그가 캄캄한 밤 커튼을 드리운 방의 어둠 속에 누워 이리저리 뒤척일 때, 엔필드 씨의 이야기가 그의 눈앞에 순차적으로 불빛을 받은 병풍처럼 지나갔다. 우선 밤의 도시, 가로등이 켜진 거대한 황무지가 떠오른다. 다음에는 빠른 걸음으로 걸어가는 남자의 모습, 이어서 의사의 집에서 나와 뛰어가는 아이, 그런 뒤 그들이 마주치고, 그 거구의 인간이 그 아이를 짓밟은 뒤 아이가 비명을 지르거나 말거나 계속 걸어가는 모습. 혹은 훌륭한 집의 방이 보인다. 그곳에서 친구인 지킬 박사가 자고 있으며 꿈을 꾸는데 꿈속에서 미소까지 짓고 있다. 이어서 방문이 열리고 침대의 커튼이 마구 젖히고, 누군가가 친구를 깨우는데, 보라! 그가 깨어나 보니 옆에 그를 향해 막강한 권력을 휘두르는 사람이 서 있다. 한밤중이라도 그 사람이 일어나라면 그가 시키는 대로 해야 한다. 어터슨 씨는 밤새 이 두 장면 속에 등장하는 인물 때문에 시달렸다. 그가 깜빡 잠이 들더라도 잠든 집들 사이를 그 인물이 더 은밀한 태도로 미끄러지듯 걷는 모습이 보이거나, 가로등이 켜진 도시의 더 넓은 미로들 속을 더 빨리, 머리가 핑핑 돌 정도로 전속력으로 움직이다 길 모서리마다 어린아이를 짓밟고 비명을 지르거나 말거나 내버려 두고 가는 모습이 보였다. 하지만 그 인물의 얼굴은 여전히 보이지 않았다. 꿈에서조차 얼굴이 없거나 잘 안 보이거나 혹은 눈앞에서 녹아내렸다. 마침내 그의 마음속에서는 하이드 씨의 진짜 얼굴을 보고 싶다는 강렬한 호기심, 지나치다 할 만한 호기심이 솟아났다. 그리고 그 호기심은 무럭무럭 자라났다. 단 한 번이라도 그 사람을 볼 수 있다면 신비감이 줄어들고, 아마도 사라질지 모른다는 생각이 들었다. 신기한 것들도 한참 들여다보고 나면 평범한 것이 되고 마니까. 잘 하면 지킬 박사가 왜 그 사람에 대해 기이한 호감을 갖게 되었는지, 혹은 어쩌다 그의 노예가 되었는지 어느 쪽이든 이유를 알게 될 것이다. 심지어는 어쩌다 유언 속에 그렇게 놀라운 조항들을 넣게 되었는지도 알게 될 것 같았다. 적어도 그 얼굴을 볼 만한 가치는 있었다. 자비심이라고는 전혀 없는 사람의 얼굴, 한 번 보는 것만으로도 냉정하고 침착한 엔필드 씨의 마음속에 지속적인 증오심을 일으킨 얼굴이니 말이다.

그날 이후 어터슨 씨는 가게들이 늘어선 그 골목길로 가서, 문제의 집 문 앞을 틈만 나면 지나가기 시작했다. 아침에 가게들이 문을 열기도 전에, 가게들도 바쁘고 시간도 별로 없는 정오에, 안개 낀 도시의 달밤에, 한적하거나 바쁜 모든 시간에 어터슨 변호사는 스스로 고른 그 장소에 어김없이 찾아갔다.

'만일 그가 숨는다는 뜻의 하이드(Hide) 씨라면,' 그가 생각했다. '나는 찾는다는 뜻의 시크(Seek) 씨가 될 테다.'

그러다 마침내 어느 날 그의 인내심에 보상이 주어졌다. 그날 밤은 비가 내리지 않고 공기가 맑고 서늘했다. 거리는 무도회장 마룻바닥처럼 깨끗했는데, 바람에 흔들리지 않는 가로등이 빛과 그림자의 규칙적인 문양을 그리고 있었다. 10시경에 가게들이 모두 문을 닫았기 때문에 한산했으며, 런던 시내에서 나는 낮은 으르렁 소리에도 불구하고 아주 고요했다. 작은 소리까지 멀리 전해져, 집 안에서 나는 살림 소리도 길 양편에서 똑똑히 들렸다. 보행자가 다가오는 소리는 꽤 멀리서부터 들렸다. 어터슨 씨가 그 길에 자리 잡은 지 몇 분 후 좀 특이하고도 가벼운 발걸음 소리가 다가오고 있는 것이 들렸다. 밤마다 거리를 순찰하듯 다니다 보니, 그는 멀리서 걷는 단 한 사람의 발걸음 소리가 웅웅거리고 달그락거리는 거대한 도시의 소음을 뚫

고 갑자기 분명해지는 순간 느껴지는 묘한 효과를 금세 알아차릴 수 있었다. 하지만 그렇게 날카롭고 결정적으로 그의 주의를 사로잡은 소리는 이번이 처음이었다. 그래서 그는 이번만큼은 확실히 자신이 기다리던 사람이 다가오고 있다는 강렬하고 미신적인 예감에 사로잡힌 채 안마당 입구 쪽으로 몸을 옮겼다.

발걸음 소리는 재빠르게 다가왔고, 거리 모서리를 돌고 나자 갑자기 무척 큰 소리로 변했다. 입구에서 내다보던 변호사는 곧 자신이 상대할 사람을 파악할 수 있었다. 그는 체구가 작고 옷차림도 평범했다. 그의 모습은 이유는 알 수 없지만 먼 거리에서조차 바라보는 사람의 반감을 강하게 불러일으켰다. 그는 시간을 절약하기 위해 길 건너편에서 문을 향해 곧장 다가왔고, 그러는 동안 자기 집에 귀가하는 사람처럼 주머니에서 열쇠를 꺼냈다.

어터슨 씨는 앞으로 나서서 사내의 옆을 지나치며 순간적으로 그의 어깨를 치며 말했다. "하이드 씨죠?"

하이드 씨는 숨을 훅 들이쉬며 움찔 뒤로 물러났

다. 그러나 그의 공포는 순간적이었다. 어터슨 변호사를 똑바로 바라보지는 않았지만 침착하게 대답했다.
"그렇습니다만, 무슨 일이십니까?"

"귀가하시는 것 같습니다." 변호사가 대답했다. "저는 지킬 박사의 오랜 친구입니다. 건트 거리에 사는 어터슨이라고 합니다. 제 이름을 들어 보셨을 겁니다. 마침 이렇게 마주쳤으니, 함께 들어가도 괜찮겠지요."

"지킬 박사는 못 만나실 겁니다. 댁에 안 계십니다." 하이드 씨가 열쇠를 구멍에 넣으며 대답했다. 그러다 갑자기 여전히 고개를 숙인 채 물었다. "저를 어떻게 아십니까?"

어터슨 씨가 말했다. "제 부탁 하나 들어주시겠습니까?"

"물론이죠." 상대방이 대답했다. "무슨 부탁이신지요?"

"얼굴을 좀 보여 주실 수 있을까요?" 변호사가 물었다.

하이드 씨는 망설이는 듯했지만, 갑자기 무슨 생

각이 들었는지 도전적인 태도로 돌아섰다. 두 사람은 몇 초 동안 상대방을 뚫어지게 쳐다보았다. "이제 또 만나도 알아볼 수 있겠군요." 어터슨 씨가 말했다. "그럴 필요가 있을지 모르니까요."

"그렇습니다." 하이드 씨가 대답했다. "만나기를 잘 한 것 같습니다. 덧붙여 말씀드리자면, 제 주소도 아시는 것이 좋겠습니다." 그러고 나서 소호의 주소를 알려 주었다.

"맙소사!" 어터슨 씨는 생각했다. '그도 지킬 박사의 유언장에 대해 생각한 것일까?' 그러나 어터슨 씨는 감정을 드러내지 않고 주소를 잘 알아들었다는 뜻으로 가볍게 고개를 끄떡였다.

"그럼 이제," 상대방이 말했다. "어떻게 저를 알아보셨는지 말씀해 주실 차례지요?"

"누가 이야기하는 것을 들은 적이 있습니다." 어터슨 씨가 대답했다.

"누가 이야기하던가요?"

"당신과 나를 모두 아는 친구들이 있습니다." 어터슨 씨가 말했다.

"둘 다 아는 친구들이라고요?" 하이드 씨가 약간 쉰 목소리로 그의 말을 받아쳤다. "누구 말씀이지요?"

"예를 들어 지킬이 있지요." 변호사가 말했다.

"그 친구는 당신에게 내 이야기를 한 적이 없습니다." 하이드 씨가 화를 내며 목소리를 높였다. "거짓말을 할 분이라고는 생각하지 않았는데요."

"저런," 어터슨이 말했다. "그건 정확한 말씀이 아닙니다."

상대방은 잠시 으르렁거리다 사나운 기세로 웃어젖혔다. 그런 다음 재빠르게 문을 열고 집 안으로 사라졌다.

변호사는 하이드 씨가 집으로 들어간 뒤 잠시 그 자리에 서 있었는데, 그 모습이 마치 동요한 사람의 초상화 같았다. 그는 이어서 천천히 거리를 걸었지만, 한두 발자국 걷다 멈춰 서서 혼란스러운 듯 이마에 손을 댔다. 그가 길을 걸으며 고민하는 문제는 풀릴 가망이 거의 없었다. 하이드 씨는 창백하고 난쟁이처럼 체구가 작았다. 그는 딱히 기형이라 이름 붙일 만한 데가 없는데 기형이라는 인상을 주었다. 그의 미소는 불쾌했고, 자기를 대하는 태도에서는 소심함과 과감함이 함께 느껴졌는데, 심지어 살기마저 서린 듯했다. 속삭이는 듯한 말투에 목이 쉰 데다 다소 더듬거리기까지 했다. 하나하나가 좋은 인상을 줄 수 없는 요소들이었지만, 그 모든 점을 다 합쳐도 어터슨 씨가 그에 대해 느끼는 싫은 느낌과 강한 혐오감과 공포감, 전에는 한 번도 느껴 본 적 없는 그런 느낌을 설명할 길이 없었다. '다른 뭔가가 더 있는 거야.' 어터슨 씨는 당혹감에 사로잡혀 말했다. '내가 이름을 붙이지 못해서 그렇지 뭔가 더 있는 게 틀림없어. 하느님 맙소사, 그는 거의 사람 같은 느낌이 안 들었어! 야만인 같다고나 할까? 아니면 옛이야기에 나오는 펠 박사?* 아니면 단지 추악한 영혼이 육체를 관통했기 때문에 그의 모습을 변모시킨 것일까? 아마 마지막 경우겠지. 오, 불쌍한 내 친구 헨리 지킬! 내가 사탄의 이름이 적힌 얼굴을 본 적 있다면, 자네 새 친구의 얼굴이 바로 그것이로군.'

---

* 펠 박사(1625~1686)는 옥스퍼드대학교 크라이스트처치의 학장이었던 인물로, 그에 대한 혐오를 담은 라틴어 시를 한 학생이 영역해서 널리 알려져 있다.

골목길을 돌면 오래된 멋진 건물들이 있었는데, 지금은 대부분 퇴락해 거의 모든 방이 셋방이었다. 그 방들에는 온갖 부류와 조건의 사람들이 살고 있었으니, 지도 판매자, 건축사, 부정한 거래 전문 변호사들과 정체불명의 사업을 하는 에이전트들 따위었다. 그러나 모서리에서 두 번째 집만은 여전히 한 가구가 차지하고 있었다. 지금은 부채꼴 채광창을 제외하면 어두컴컴했지만, 어터슨 씨는 유복하고 편안해 보이는 이 집 문 앞에서 발길을 멈추고 문을 두드렸다. 옷을 잘 차려입은 노하인이 문을 열었다.

　"지킬 박사 집에 계신가, 풀?" 어터슨 변호사가 물었다.

　"알아보겠습니다, 어터슨 씨." 풀이 손님을 커다랗고 천장이 낮은 편안한 현관으로 맞이하며 말했다. 현관에는 시골 저택의 방식대로 판석이 바닥에 깔려 있었고, 벽난로 불이 밝게 타 공기가 따뜻했으며 비싼 떡갈나무 벽장이 놓여 있었다. "여기 벽난로 곁에서 기다리시겠습니까? 아니면 식당에 불을 켜 드릴까요?"

　"여기서 기다리겠네, 고맙네." 어터슨 변호사가

말했다. 그러고 나서 벽난로 앞으로 가 키가 큰 난로망에 기댔다. 그가 지금 혼자 주인이 나타나기를 기다리고 있는 이 현관은 친구인 지킬 박사가 자신의 취향에 꼭 맞게 꾸민 곳이었고, 어터슨 씨 자신도 그곳이 런던에서 가장 유쾌한 방이라고 자주 말하곤 했다. 하지만 오늘 밤 그의 핏속에는 전율이 흐르고 있었다. 하이드 씨의 얼굴이 그의 기억을 무겁게 짓누르고 있었다. 평소와 다르게 삶에 대한 구역질과 불쾌감이 느껴졌다. 심리 상태가 우울하다 보니 윤기 흐르는 벽장에 비치는 불빛의 깜박임과 천장 그림자가 불안하게 움찔거리는 것조차 위협적으로 느껴졌다. 그런 기분으로 기다리고 있을 때 풀이 돌아와 지킬 박사가 외출 중이라고 말했고, 그 말을 들으니 오히려 안도감이 느껴졌다. 물론 그런 기분이 부끄럽기도 했다.

"하이드 씨가 옛날 해부실 문 쪽으로 들어가는 것을 봤는데, 풀." 그가 말했다. "지킬 박사가 출타 중일 때 그래도 괜찮은 건가?"

"전혀 문제 없습니다, 어터슨 씨." 하인이 대답했다. "하이드 씨도 열쇠를 가지고 있으니까요."

"자네 주인이 이 젊은이를 무척 신뢰하는 것 같군, 풀." 어터슨 씨가 생각에 잠겨 다시 말했다.

"그렇습니다, 어르신. 정말 그러십니다." 풀이 말했다. "저희 모두에게 그분 말씀을 잘 들으라는 명령을 내리셨습니다."

"전에 만난 적은 없는 분 같은데?" 어터슨 씨가 물었다.

"오, 참말이지 그런 적은 없으십니다, 어르신. 한 번도 이 댁에서 정찬을 하신 일은 없습니다." 집사가 대답했다. "실제로 저희는 집의 이 구역에서 그분을 뵌 적이 거의 없습니다. 보통 실험실에 들렀다 가십니다."

"그래, 좋은 저녁 보내게, 풀."

"좋은 저녁 되십시오, 어터슨 씨."

지킬 박사의 집을 나온 어터슨 변호사는 무거운 가슴을 안고 집으로 향했다. '불쌍한 헨리 지킬.' 그는 생각했다. '아무래도 큰 곤경에 처한 게 아닌가 싶어 걱정되는군! 젊었을 때 함부로 놀았던 게지. 분명 아주 오래전에. 하지만 신의 법 앞에서 공소시효 같은 건 없지. 그래, 그 문제일 거야. 오래전에 저지른 죄의 유령,

숨겨진 수치스러운 일에서 비롯된 암, 더 이상 기억도 나지 않고 자기애로 자기 잘못을 다 덮어 주고 난 수년 후 절룩거리며 나타난 처벌.' 그런 생각을 하다 보니 어터슨 변호사는 자신의 과거에는 그런 일이 없었나 싶어 더럭 겁이 났다. 그래서 기억의 모든 구석을 더듬어 보았는데, 마치 상자 속에 숨어 있던 인형처럼 숨겨진 기억이 왈칵 밖으로 튀어나올까 봐 두려웠다. 다행히 큰 잘못을 저지르지는 않았다. 자신의 삶으로 이루어진 두루마리를 읽을 때 어터슨 변호사만큼 두려워하지 않아도 될 사람은 드물 것이다. 그러나 그런 그도 자신이 저지른 많은 잘못들을 생각하며 먼지가 되도록 수치스러웠고, 자신이 잘못할 뻔했지만 피할 수 있었던 많은 일들을 생각하며 두려움 속에서도 감사함을 느꼈다. 그러자 다시 정신이 맑아졌다. 그는 방금 했던 생각 이전으로 되돌아가 친구 문제에 대해서도 희망의 불씨를 살려 냈다. '이 하이드라는 사람도 잘 살펴보면,' 그는 생각했다. '나름의 비밀이 있을 거야. 그 사람 모습을 보아서는 아주 어두운 비밀일 테지. 그 비밀이 워낙 어두워 그에 비하면 불쌍한 지킬의 최악의 비밀도 햇빛 같을걸. 지금 같은 사태가 계속되어선 안 돼. 이 인간이 헨리의 침대 곁에 도둑처럼 슬쩍 나타난다는 생각만 해도 오싹하군. 불쌍한 헨리, 깨어날 때 기분이 어땠을까! 그리고 그 위험을 생각해 봐. 만일 하이드가 헨리의 유언 내용을 짐작하게 된다면 어서 상속을 받으려고 안달이 날 텐데. 맞아, 내가 있는 힘을 다해 이 사태에 대처해야 해. 만일 지킬이 허락만 해 준다면.' 그가 다시 되풀이했다. '만일 지킬이 허락만 해 준다면.' 그의 마음의 눈앞에는 그 유언장의 기이한 조항들이 다시 한번 투명할 정도로 선명하게 보였다.

지킬 박사는 여유 만만

보름 후 아주 적당한 기회가 왔다. 지킬 박사가 지적이고 평판 좋고 포도주에 대해 일가견 있는 친구 대여섯 명을 유쾌한 정찬에 초대한 것이다. 어터슨 씨는 그날 꾀를 내 다른 사람들이 다 떠날 때까지 남아 있었다. 특별히 새로운 일은 아니었고, 전에도 여러 차례 그런 적이 있었다. 어터슨 씨를 좋아하는 사람들은 그와 함께 있기를 무척 즐겨서, 초대한 손님들 중 경박하고 말 많은 친구들이 이미 문턱을 넘은 뒤까지 이 성격 밋밋한 변호사를 붙잡아 두곤 했다. 그때까지 시끌벅적하게 노느라 지친 신경을 그의 의미심장한 침묵 속에 함께 앉아 다스렸고, 고독을 통해 단련된 그의 조용한 존재감에 한동안 같이 침잠했다. 지킬 박사도 예외가 아니었다. 그는 벽난로를 가운데 두고 어터슨 씨 반대편에 앉아 있었다. 지킬은 체구가 크고 면도를 해 얼굴에 수염이 없는 건장한 오십 대 남자였다. 조금 익살맞은 데가 있지만 무척이나 유능하고 친절한 그는 어터슨 씨에 대해 신실하고 따스한 애정을 간직하고 있었다.

"그동안 자네와 이야기하고 싶었네, 지킬." 어터슨 씨가 말문을 열었다. "자네 유언장에 대해서 말일세."

예민한 관찰자라면 지킬 박사가 그 화제를 그리 탐탁하게 여기지 않는다는 사실을 알았을 것이다. 하지만 그는 겉으로는 명랑하게 대꾸했다. "불쌍한 친구 어터슨." 그가 말했다. "나 같은 고객을 두다니 자네가 운이 없군. 내 일 때문에 자네처럼 심각하게 고민하는 사람은 본 적이 없네. 내 유언장 때문에 말이야. 하긴 편협한 현학자인 래년도 과학에 대한 내 견해를 이단이라 부르며 자네만큼 고민했었지. 오, 나도 그가 좋은 친구라는 걸 알고 있네. 얼굴 찌푸릴 필요까지는 없네.

그리고 항상 그 친구와 더 어울리고 싶어. 하지만 그가 편협한 현학자임에는 틀림없지. 무지하고 뻔뻔한 현학자야. 래년에게 정말 실망했네. 누구에게든 그렇게 실망한 적은 없네."

"내가 그것이 옳은 일이라고 인정한 적이 없다는 건 자네도 알고 있지." 어터슨 씨는 새 주제를 무시하고 자기가 하고 싶은 말로 돌아갔다.

"내 유언장? 물론, 알고 있네." 지킬 박사가 조금 날카로운 어조로 말했다. "이미 그렇게 말했었지."

"글쎄, 다시 한번 말하고 싶네." 어터슨 씨가 말을 이었다. "내가 그 하이드라는 젊은이에 대해 조금 더 많은 정보를 갖게 되었거든."

지킬 박사의 크고 잘생긴 얼굴이 입술까지 창백해졌고, 그의 눈에 어둠이 깃들었다. "그 이야기라면 더 이상 듣고 싶지 않네." 그가 말했다. "그 이야기는 더 이상 안 하기로 하지 않았는가."

"내가 들은 이야기가 하도 끔찍해서 그러네." 어터슨 씨가 말했다.

"그래도 상황은 바뀌지 않네. 자네는 내 입장을

모르니까." 지킬 박사는 어딘지 앞뒤가 맞지 않는 태도로 대답했다. "나는 고통스러운 입장에 처해 있네, 어터슨. 아주 특이한 상황일세. 아주 특이한 상황이라고. 의논해 봤자 개선의 여지가 없는 상황이네."

"지킬." 어터슨 씨가 말했다. "자네는 내 인성에 대해 잘 알고 있네. 나를 신뢰해도 좋다는 걸 알고 있지. 솔직하게 전부 말해 보게. 자네를 도와줄 수 있다고 자신하네."

"내 좋은 친구, 어터슨." 지킬 박사가 말했다. "정말 고마운 말일세. 무척 고마운 말이야. 그리고 자네에게 뭐라 감사해야 할지 모르겠네. 자네 말을 진심으로 믿네. 이 세상에서 내가 자네보다 더 신뢰하는 사람은 없어. 그래, 나보다 더 신뢰하네. 둘 중 하나를 선택해야 한다면 말일세. 하지만 이 문제는 자네가 상상하는 것과는 다른 문제네. 그렇게까지 나쁜 상황은 아닐세. 그리고 자네를 안심시키기 위해 한 가지 알려 주자면, 내게는 내가 원한다면 바로 그 순간 하이드 씨를 제거할 방법이 있네. 그 말이 사실인 것을 하늘에 대고 맹세하겠네. 그리고 정말 자네에게 고맙게 생각하네. 그런데 사소한 점 한 가지에 대해 더 이야기하고 싶네, 어터슨. 이 일은 사적인 문제이니 자네가 더 이상 그 문제에 대해 신경 쓰지 말아 주기를 부탁하네."

어터슨 씨는 벽난로 불을 바라보며 잠시 생각에 잠겼다.

"자네 말이 의심의 여지 없이 전적으로 옳다고 믿네." 그가 마침내 일어서며 말했다.

"그래, 하지만 이왕 말이 나왔으니, 이게 마지막이기를 바라면서 한마디 하겠네." 지킬 박사가 말을 이었다. "자네가 이해해 주었으면 하는 점이 한 가지 있네. 나는 이 불쌍한 친구 하이드에 대해 진심으로 무척 큰 흥미를 가지고 있네. 자네가 그를 만난 적 있다는 사실은 나도 알아. 그가 내게 이야기하더군. 그가 자네에게 무척 무례하게 굴었을 거라 짐작하네. 하지만 나는 그 젊은이에 대해 진심으로 아주 큰, 무척 큰 흥미를 가지고 있다네. 또한 만일 내가 이 세상에서 사라진다면 어터슨, 자네가 그 친구를 용인하고 그가 그의 권리를 누릴 수 있도록 도와준다고 약속해 주겠나. 자네가 상황을 잘 안다면 그렇게 해 줄 것이라 믿네.

만일 약속해 준다면 내게는 큰 마음의 짐을 더는 것일세."

"내가 그 사람을 조금이라도 좋아하게 될 거라 말할 수는 없네." 어터슨 씨가 말했다.

"내 부탁은 그게 아니네." 지킬 박사가 친구의 팔을 잡으며 부탁했다. "내가 부탁하는 것은 정의라네. 단지 내가 더 이상 이 세상 사람이 아니게 되었을 때 나를 대신해 그를 도와달라는 말이네."

어터슨 씨는 한숨을 억누를 수 없었다. "글쎄," 그가 마지못해 말했다. "약속하겠네."

커루 살인 사건

그로부터 거의 1년이 지난 18xx년 10월에 극악무도한 범죄 사건 하나가 발생해 런던 시내가 발칵 뒤집혔다. 이 사건은 피해자의 지위가 높았기 때문에 더욱 큰 문제로 부각되었다. 세부적인 내용은 적었지만 무척 경악스러웠다. 템스 강으로부터 그리 멀지 않은 집에 혼자 사는 한 하녀가 밤 11시경 잠자리에 들기 위해 위층 자기 방으로 올라갔다. 한밤중의 도시를 안개가 감싸기는 했지만 밤이 깊어지기 전에는 아직 구름이 끼지 않았고, 마침 보름이라 그 하녀의 방 창문에서 내려다보이는 골목은 휘영청 밝았다. 그녀는 낭만적인 성향의 사람인 듯했다. 창문 바로 밑에 놓인 궤짝 위에 앉아 백일몽에 잠겨 있었다니 말이다. 그녀는 그날의 사건에 대해 이야기할 때면 늘상 눈물을 줄줄 흘렸다. 그러면서 자신은 그때만큼 모든 인간이 다 마음에 들고 온 세상이 좋게 느껴진 적이 한 번도, 단 한 번도 없었다고 말하곤 했다. 그녀가 그런 기분으로 창가에 앉아 있을 때 백발이 성성한 멋진 노신사가 골목을 따라 다가오는 모습이 어렴풋이 보였다. 반대편에서는 무척 체구가 작은 또 다른 신사가 다가오고 있었는데, 처음에는 그에게 별로 주의를 기울이지 않았다. 그들이 서로 대화할 수도 있을 만큼 가까운 거리에 다다랐을 때 (그 장소가 마침 그 하녀가 내려다보던 곳 바로 아래였다.) 노신사가 상대방에게 무척 예의 바르게 인사를 하며 뭐라 말을 건넸다. 특별한 화제는 아닌 듯했다. 손짓으로 봐서 길을 묻는 것 같았다. 그러는 동안에도 달빛이 그의 얼굴을 비추고 있었고, 하녀는 기분 좋게 그의 모습을 지켜보았다. 달빛 덕분인지 그의 얼굴에서는 무척 순수하고 예스러운 느낌, 그리고 든든한 자족감에서 나오는 듯한 고상한 분위기까지 풍겼다. 이윽고 그녀의 눈길이 대화 상대자 쪽으로 옮겨 갔는데,

그 사람이 하이드 씨임을 알아보고 조금 놀랐다. 하이드 씨는 전에 주인을 방문한 적이 있었는데, 그녀는 그가 싫었다. 그는 손에 무거운 지팡이를 들고 만지작거리고 있었다. 아무런 대답도 하지 않았지만 귀 기울이는 모습에서 그가 짜증을 느끼고 있다는 사실이 역력하게 드러났다. 그러다 갑자기 벌컥 화를 내더니 발을 구르며 지팡이를 마구 휘둘렀는데, 하녀의 묘사에 따르면 그 모습이 마치 미치광이 같았다. 노신사는 한발 물러섰는데 무척 놀란 듯했고, 조금 다치기도 한 것 같았다. 하지만 하이드 씨는 아무 거리낌 없이 계속 지팡이를 휘둘렀고, 노신사가 쓰러졌다. 다음 순간 하이드 씨는 원숭이처럼 날뛰며 노신사를 발로 마구 짓밟더니 주먹세례까지 퍼부었다. 그러자 뼈가 으스러지는 소리가 나고, 노신사가 길바닥으로 벌러덩 나자빠졌다. 하녀는 이 광경과 끔찍한 소리 때문에 기절했다.

    그녀가 정신을 차려 경찰을 부른 것은 새벽 2시였다. 살인자는 이미 사라지고 없었지만 피해자인 노신사는 믿을 수 없을 정도로 만신창이가 되어 길 한가운데 누워 있었다. 그 만행의 도구였던 지팡이는 무척 튼튼하며 무거운 희귀종 목재로 만들어졌지만 무지막지한 폭행이 자행되는 도중에 반토막이 났다. 쪼개진 반쪽은 옆 도랑으로 굴러가 있었고, 나머지 반쪽은 살해자가 가져간 게 틀림없었다. 피해자의 몸에서는 지갑과 금시계가 발견되었지만 명함이나 서류 같은 것은 찾을 수 없었다. 다만 봉해지고 우표가 붙은 봉투 하나가 발견되었는데, 아마 그 노신사는 우체국으로 가던 도중 그런 변을 당한 듯했다. 봉투에는 어터슨 씨의 이름과 주소가 적혀 있었다.

이 봉투는 다음 날 아침 어터슨 변호사가 일어나기도 전에 그에게 전달되었다. 그는 봉투를 보고 사건의 정황을 전달받자마자 엄숙하게 입을 다물었다. "시체를 보기 전에는 아무 말도 하지 않겠소." 그가 말했다. "이것은 무척 중대한 일일지 모르오. 내가 옷을 차려입을 때까지 기다려 주면 감사하겠소." 그러고 나서 여전히 엄숙한 표정으로 재빨리 아침을 먹고 시체가 옮겨진 경찰서로 갔다. 시체가 놓인 실내로 들어가자마자 어터슨 씨는 고개를 끄덕였다.

"예." 어터슨 씨가 말했다. "아는 분이군요. 유감

스럽지만 이분은 댄버스 커루 경입니다."

"맙소사, 어르신." 경찰관이 외쳤다. "이럴 수가?" 다음 순간 그의 눈이 직업적인 야망으로 반짝였다. "무척 시끄러운 사건이 되겠군요." 그가 말했다. "어르신께서 범인을 찾는 일에 도움을 줄 수 있으실지도 모르겠습니다." 그러고 나서 그는 그 하녀가 목격한 장면에 대해 간단히 이야기하며 부러진 지팡이를 보여 주었다.

어터슨 씨는 이미 하이드라는 이름을 들었을 때부터 깜짝 놀란 상태였다. 그러나 눈앞에 놓인 지팡이를 본 이상 더 이상 의심의 여지가 없었다. 부러지고 상처가 나긴 했지만 단박에 알아볼 수 있는 지팡이였기 때문이다. 그것은 다름 아닌 자신이 수년 전 헨리 지킬에게 선물한 지팡이였다.

"이 하이드 씨라는 사람이 체구가 왜소한가요?" 그가 물었다.

"특별히 작고 사악하게 생긴 사람이라는 것이 그 하녀의 진술입니다." 경찰관이 말했다.

어터슨 씨는 생각에 잠겼다가 다시 고개를 들어,

"만일 제 마차로 함께 가신다면 그의 집으로 모셔 갈 수 있을 것 같습니다."라고 말했다.

그사이 아침 9시가 되었고, 겨울을 알리는 첫 안개가 끼어 있었다. 거대한 초콜릿색 장막이 하늘을 뒤덮었지만 바람이 이 전투 중의 수증기들을 향해 지속적으로 덤벼들었다. 마차는 거리에서 거리로 거북이걸음을 하고 있었고, 마차 안의 어터슨 씨는 놀라울 정도로 다양한 황혼 빛을 볼 수 있었다. 이쪽에서는 한밤중처럼 어두웠지만 저쪽으로 가면 큰 불이라도 난 것처럼 풍부하고 선명한 적갈색 빛이 휘황찬란했다. 또 한쪽에서는 잠시 동안 안개가 완전히 걷혀, 대낮의 핼쑥한 빛 한 줄기가 회오리를 그리는 화환들 사이를 비추었다. 변화하는 빛 아래 보이는 소호의 우울한 구역은 진창길과 칠칠맞아 보이는 행인, 한 번도 꺼진 적도 없고 이 우울한 어둠의 재침략을 물리치기 위해 새로 켜진 적도 없는 가로등으로 인해 마치 악몽 속에 나타나는 미지의 도시 같았다. 어터슨 변호사의 마음속에서는 너무나 우울한 생각들이 교차하고 있었다. 더욱이 동승객이 경찰이라는 사실을 생각하면 가끔은 가장 정직한 사람조차 공격하는 법과 법 집행자들의 무서운 힘을 조금이나마 의식하지 않을 수 없었다.

그가 알려 준 주소 앞에 마차가 서는 순간 안개가 약간 걷히며 눈앞에 구질구질한 거리, 싸구려 술집, 삼류 프랑스 요리점, 싸구려 잡지와 2페니짜리 샐러드를 파는 가게, 건물 입구에 웅숭그리고 있는 넝마를 걸친 아이들의 떼거리, 그리고 열쇠를 손에 들고 아침의 술 한 잔을 가지러 거리를 오가는 다양한 국적의 여성들로 이루어진 광경이 펼쳐졌다. 하지만 다음 순간 안개가 다시 내려 엄버[물감이나 도료에 쓰는 천연 갈색 안료] 같은 황갈색으로 그 장면을 뒤덮었고, 그 덕분에 그는 이 불한당 같은 환경을 안 보아도 되었다. 이곳이 헨리 지킬이 총애하는 사내, 100만 파운드의 재산을 물려받을 자가 사는 곳이었다.

아이보리색 얼굴에 은발을 한 노파가 문을 열었다. 그녀는 위선으로 다져진, 사악한 얼굴의 소유자였다. 그러나 태도는 점잖고 공손했다. "예." 그녀가 말했다. "이곳이 하이드 씨 댁입니다. 하지만 지금은 출타 중이십니다. 간밤에 무척 늦게 귀가하셨는데, 한 시간도 안 계시다 바로 나가셨습니다. 별로 특이한 일은 아닙니다. 습관이 아주 불규칙적이시니까요. 그리고 자주 귀가하지도 않으십니다. 예를 들어 어제 거의 두 달 만에 들리셨습니다."

"좋아, 그렇다면 그 사람의 방을 보고 싶네." 어터슨 씨가 말했다. 그리고 그녀가 그럴 수 없다고 말하려 하자, "이분이 누구신지 말씀드리는 게 좋겠군."이라 덧붙였다. "이분은 경시청의 뉴커먼 형사님이시라네."

여자의 얼굴에서 가증스러운 희색이 얼핏 눈에 띄었다. "아!" 그녀가 말했다. "그분에게 무슨 문제가 생겼군요! 무슨 일을 저지르셨나요?"

어터슨 씨와 형사는 눈짓을 교환했다. "아주 인기 있는 인물은 아닌 것 같군요." 형사가 말했다. "자, 이제 아주머니, 나와 이 신사가 그 방을 보도록 해 주시오."

그 집은 노파를 제외하면 텅 빈 집이라 할 만했다. 하이드 씨가 그 집에서 사용하는 것은 방 두 개뿐이었다. 그 두 방만큼은 호화롭고 고상하게 꾸며져 있었다. 벽장은 포도주로 채워져 있었고, 식기는 은제였으며 테이블보와 냅킨 등은 우아했다. 벽에는 좋은 그림이 걸려 있어, 어터슨 씨는 그림에 대한 일가견이 있는 헨리 지킬이 준 선물일 거라고 짐작했다. 양탄자는 색감이 좋고 촘촘히 짠 것이었다. 그러나 방 곳곳에는 최근 무언가를 황급히 뒤진 흔적이 남아 있었다. 옷들이 바닥에 떨어져 있고 주머니가 뒤집혀 있었으며, 열쇠로 잠그게 되어 있는 서랍들은 열린 채였다. 벽난로 안에서 서류를 다량으로 태웠는지 회색빛 재가 수북했다. 형사는 이 타고 남은 재에서 초록색 수표책의 끝부분을 건져 냈다. 그 부분만 불에 타지 않고 남은 듯했다. 그리고 지팡이의 나머지 반쪽이 문 뒤에서 발견되었다. 그 발견으로 인해 그가 살인자라는 사실이 명백해졌기 때문에 형사가 기뻐했다. 두 사람이 은행을 방문해 보니 그 살인자의 이름으로 수천 파운드가 맡겨져 있었고, 그 사실의 발견으로 형사의 만족감은 최고조에 달했다.

"장담하지만, 어르신." 그가 어터슨 씨에게 말했다. "이제 그자는 독 안에 든 쥐나 다름없습니다. 정신이 나간 게 틀림없습니다. 그렇지 않다면 지팡이를 남겨 두거나, 무엇보다 수표책을 태우지는 않았을 것입니다. 허, 그자에게는 돈이 생명이니까요. 이제 은행에서 잠복한 채 기다리고 전단지만 돌리면 되는 겁니다."

그러나 이 마지막 과제는 달성하기가 그리 쉽지 않았다. 하이드 씨를 잘 아는 사람이 거의 없었기 때문이었다. 목격자인 하녀의 주인조차 그를 본 것은 단 두 번에 지나지 않았다. 그의 가족은 추적이 되지 않았고, 남긴 사진도 없었다. 모두가 동의하는 점은 단 한 가지뿐이었다. 그 도망자가 그를 본 사람들에게 설명할 수 없는 불구라는 느낌, 그 지울 수 없는 느낌을 남겼다는 사실이었다.

편지 사건

 어터슨 씨가 지킬 박사 댁의 문 앞에 도착한 것은 늦은 오후였다. 집사 풀이 그를 즉시 안으로 안내해 부엌 쪽 사무실 옆을 통해 한때는 정원이었던 마당을 가로질러, 실험실 혹은 해부실이라는 이름으로 알려진 건물로 인도했다. 지킬 박사는 유명한 외과 의사의 재산을 상속한 사람들로부터 그 집을 샀다. 그러고는 정원 끝에 있던 그 공간의 용도를 해부학보다는 화학에 가까운 자신의 취향에 맞추어 변경했다. 지킬 박사가 친구인 어터슨 씨를 그곳에서 맞이하기는 이번이 처음이었다. 어터슨 씨는 유리창도 없이 음침한 그 구조물을 호기심에 차서 바라보았다. 이어서 기이하고 언

짧은 기분으로 한때는 열성적인 학생들로 가득 찼으나 지금은 수척하고 조용하게 누워 있는 수술대와 화학 기구로 뒤덮인 탁자들, 여기저기 나무 상자가 놓여 있고 포장용 지푸라기로 덮인 마루, 안개 낀 둥근 지붕 창을 통해 희미하게 들어오는 빛 등을 둘러보았다. 실험실 반대편 끝에 계단이 있었고, 계단을 올라가면 붉은색 나사 천으로 덮인 문이 나타났다. 그 문을 통과하면 마침내 지킬 박사의 개인 방이 나타났다. 유리 장이 벽면을 두르고 있는 넓은 방으로 전신 거울과 사무용 탁자 등이 갖춰 있었으며, 쇠창살로 막힌 석 장의 먼지 낀 유리창이 중앙 마당을 향해 나 있었다. 불이 화상(火床)에서 타고 있었고 등불은 벽난로 선반 위에 놓여 있었다. 집 안까지 짙은 안개가 내려앉기 시작했기 때문이다. 벽난로 곁에 지킬 박사가 환자 같은 모습으로 앉아 있었다. 그는 자리에서 일어서지 못한 채 손님을 맞이했고, 차가운 손을 내밀어 달라진 목소리로 반겼다.

"그래 이제," 어터슨 씨가 풀이 방을 나가자마자 말했다. "뉴스 들었겠지?"

지킬 박사가 몸서리를 쳤다. "광장에서 그 소식을 외치고 있더군." 그가 대답했다. "그 소리가 우리 집 식당에서도 들렸네."

"한마디 하겠네." 어터슨 변호사가 말했다. "커루는 내 고객이었네. 하지만 자네도 내 고객이지. 그러니 나는 내가 지금 무슨 일을 하고 있는지 알고 싶네. 그자를 숨겨 줄 만큼 정신이 나간 것은 아니겠지?"

"어터슨, 하느님께 맹세하네." 지킬 박사가 말했다. "하느님께 맹세하지만 그자를 다시는 만나지 않겠네. 그자와 이 세상에서의 인연을 완전히 끊었다는 걸 내 명예를 걸고 맹세하네. 이제 다 끝났어. 사실 그자도 내 도움을 원치 않아. 자네는 그에 대해 나만큼 잘 알지 못하네. 그에 대해서는 이제 안심하게, 확실하게 말이야. 내 장담하지만 다시는 그에 대해 들을 일 없을 걸세."

어터슨 변호사는 우울한 표정으로 그 말을 들었다. 열에 들뜬 것 같은 친구의 태도가 마음에 걸렸다. "자네는 그자에 대해 꽤 자신 있는 것 같군." 그가 말했다. "어쨌든 자네를 위해 그 말이 맞기를 바라네. 재판을 한다면 자네 이름이 나올 수도 있으니까."

"그자에 대해서라면 아주 자신 있네." 지킬이 대답했다. "그렇게 확신할 수 있는, 나 혼자만 알아야 하는 근거가 있네. 하지만 한 가지 일에 관해서는 자네 조언이 필요하네. 내가 편지를 하나 받았네. 그런데 그것을 경찰에 넘겨야 할지 말지 확신이 서지를 않네. 그것을 자네에게 넘기고 싶어. 자네가 현명하게 판단하리라 믿네. 나는 자네를 정말 신뢰하고 있다네."

"그 편지 때문에 그가 있는 곳이 드러날까 봐 걱정하는 건가?" 어터슨 변호사가 물었다.

"아닐세." 지킬이 말했다. "하이드에게 무슨 일이 일어날까 봐 걱정한다고는 할 수 없네. 그자에게서 정말로 손을 뗐으니까. 나 자신의 명예에 대해 생각하고 있네. 이 끔찍한 일 때문에 내가 피해를 입을 수도 있으니까."

어터슨 씨는 잠시 생각에 잠겼다. 그는 친구의 이기심을 목격하고 놀랐지만, 한편 안도감이 든 것도 사실이었다. "글쎄." 어터슨이 말했다. "그럼 그 편지를 좀 보세."

편지는 기묘하게 세운 글씨체로 쓰여 있었는데, '에드워드 하이드'라 서명이 되어 있었다. 간략히 쓰인 내용은 이랬다. 은인인 지킬 박사가 자신에게 베풀어 준 1000가지 관대한 행동에 대해 자신이 너무나 부당하게 보답을 했다. 하지만 자신에게는 확실한 도피 수단이 있으니 자신의 안전에 대해서는 절대 걱정하지 마시라. 어터슨 변호사는 편지가 그런대로 마음에 들었다. 편지 내용에 따르면 그동안 궁금했던 둘의 관계가 생각만큼 최악은 아닌 듯했다. 그래서 그는 지금까지 지킬 박사에 대해 자기가 이런저런 의심을 품었다는 사실을 스스로 책망했다.

"봉투가 있나?" 어터슨 씨가 물었다.

"내가 태워 버렸네." 지킬이 대답했다. "엉겁결에 그랬다네. 하지만 우체국 소인은 찍혀 있지 않았어. 직접 전달되었지."

"내가 이 편지를 하루만 가지고 있어도 되겠나?" 어터슨이 물었다.

"전적으로 자네 판단에 맡기겠네."라고 지킬이 대답했다. "나는 더 이상 나 자신을 신뢰하지 못하겠네."

"아무튼 내가 궁리를 좀 해 보겠네." 어터슨 변호사가 말했다. "그리고 이제 한 가지만 더 이야기하세. 자네 유언장에 실종 시 조항을 넣도록 한 것은 하이드였지?"

지킬 박사는 어딘지 꺼림칙한 표정으로 입을 꼭 다물고 고개를 끄덕였다.

"그럴 줄 알았어." 어터슨이 말했다. "자네를 죽일 생각이었어. 아주 아슬아슬했군."

"그보다 더 중요한 일을 겪었지." 지킬 박사가 엄숙하게 대꾸했다. "교훈을 얻었네. 오 하느님, 어터슨, 참 대단한 교훈을 얻었어!" 그러고 나서 잠시 손으로 얼굴을 가렸다.

밖으로 나가는 길에 어터슨 변호사는 잠시 발길을 멈추고 풀과 한두 마디 교환했다. "그런데," 그가 말했다. "오늘 누가 편지를 배달했다지. 누구였나?" 하지만 풀은 우편물 외에 다른 배달물은 없었다고 자신 있게 말했다. 그리고 "우편물도 광고 전단뿐이었습니다."라고 덧붙였다.

이 말을 듣고 어터슨은 새로운 걱정을 안고 돌아

갔다. 그렇다면 편지는 실험실 쪽문으로 전달된 게 분명했다. 또 사실상 안에서 쓰인 것일 수도 있었다. 만일 그렇다면 상황에 대한 판단을 달리해야 했고, 사태도 더 조심스럽게 다루어야 할 필요가 있었다. 길을 걷는데 보도의 신문팔이 소년들이 고함을 너무 질러 쉰 목소리로 외쳤다. "호외! 충격적인 하원 의원 살해." 그것은 자신의 친구이자 고객 중 한 명에 대한 장례사였다. 아울러 또 다른 친구의 명예가 이 스캔들의 소용돌이 속으로 빨려 들어갈지 몰랐다. 그가 지금 내려야 할 결정은 결코 쉬운 게 아니었다. 평소 자주적인 어터슨이지만 지금은 누군가의 조언이 간절했다. 직접적으로 구할 수는 없었지만 간접적으로는 가능할 것 같았다.

잠시 후 어터슨 씨는 자기 집 벽난로 한편에 앉아 있었고, 반대편에는 그의 수석 서기인 게스트 씨가 앉아 있었다. 그들 가운데 벽난로 불에서 조금 떨어진 곳에, 그의 집 지하실에서 햇빛을 피해 보관되던, 특별히 오래 숙성한 포도주 한 병이 놓여 있었다. 안개는 가로등이 석류석처럼 빛나는 침잠한 도시 위로 날개를 편 채 여전히 잠들어 있었다. 그리고 이 추락한 구름에 막히고 질식한 도시에서 런던 시민들의 행렬이, 여전히 웅웅거리는 바람 소리처럼 들리는 소음과 함께 커다란 거리들을 지나가고 있었다. 그러나 방 분위기는 벽난로 불빛 덕분에 밝고 명랑했다. 술병 속의 산(酸)은 오래전에 용해되었다. 시간이 지나면서 스테인드글라스의 색깔이 섬세해지듯 포도주의 당당한 색도 조금 연해졌다. 그리고 산허리 과수원을 비추는 따사로운 가을날 오후 햇살이 곧 나타나 런던의 안개를 흩어 놓을 것 같았다. 어터슨 변호사는 자기도 모르게 긴장이 풀렸다. 게스트 씨와는 평소에도 비밀이 가장 적은 사이였다. 그리고 그가 어터슨 씨가 비밀로 하려는 것들조차 다 모른다고 자신할 수 없었다. 게스트 씨는 일 때문에 지킬 박사 집에 자주 갔고, 풀과도 알고 지냈다. 그러니 게스트 씨가 그 댁의 단골손님 하이드를 모를 리는 거의 없다고 봐야 했다. 그 스스로도 결론을 내릴 수 있는 상황이었다. 그렇다면 그에게 편지를 보여 주고 자기와 같이 수수께끼를 풀어 보자고 청하는 편이 오히려 낫지 않을까? 더욱이 게스트는 필적을 많이 연구해서 잘 알고 있으니 자기에게 편지를 보여 주는 것을 자연스럽고 당연한 일이라고 여기지 않겠는가? 게다가 그는 조언을 마다하는 사람이 아니었다. 그 이상한 문서를 읽으면 당연히 한마디 할 사람이었다. 또 그의 말이 어터슨 씨의 다음 행동에 도움이 될 것이다.

"댄버스 경의 일은 정말 슬픈 일이네." 어터슨 씨가 말문을 열었다.

"예, 어르신. 정말 그렇습니다. 참으로 충격적인 일입니다." 게스트 씨가 대답했다. "물론 그 범인은 미치광이고요."

"그 문제에 대해 자네 의견을 듣고 싶네." 어터슨이 말했다. "내게 여기 그자가 직접 쓴 문서가 있네. 우리끼리만 알고 있어야 하네. 왜냐하면 이 문제에 대해 어떻게 처리하면 좋을지 아직 판단이 안 서거든. 아무리 최선의 경우를 가정해도 끔찍한 일이지. 여기 그 문서가 있네. 자네라면 관심을 가질 만해. 살인자의 필적이니까."

게스트의 눈이 빛났고, 그는 즉시 책상에 앉아 그 문서를 열심히 들여다보았다. "아닙니다, 어르신." 그가 말했다. "미치광이는 아니고, 필적이 좀 묘합니다."

"어떻게 보아도 아주 묘한 사람이 쓴 문서지." 어터슨 변호사가 덧붙였다.

바로 그때 하인이 메모지를 들고 들어왔다.

"지킬 박사가 보낸 겁니까, 어르신?" 게스트가 물었다. "필적이 낯익습니다. 사적인 일인가요?"

"그냥 저녁 초대로군. 왜? 보려나?"

"잠깐만요. 감사합니다, 어르신." 그러고 나서 게스트 씨가 두 장의 종이를 나란히 놓고 그 내용을 꼼꼼히 비교했다. "감사합니다, 어르신." 그가 마침내 두 장의 메모를 돌려주며 말했다. "무척 흥미로운 필적입니다."

잠시 침묵이 흐르는 동안 어터슨 씨는 궁금증을 억누르기 힘들었다. "두 메모를 왜 비교했나, 게스트?" 그가 불쑥 물었다.

"글쎄요, 어르신." 서기가 대답했다. "좀 특이한 유사성이 눈에 띄었습니다. 이 두 필적은 여러 면에서 동일합니다. 각도만 다를 뿐이지요."

"그것 참 괴이하군." 어터슨이 말했다.

"그렇습니다, 좀 괴이합니다, 어르신 말씀처럼." 게스트가 대답했다.

"이 메모에 대해 이야기하지 않기로 결심했네, 짐작하겠지만." 어터슨이 말했다.

"알겠습니다." 게스트가 말했다. "이해합니다."

그러나 어터슨 씨는 밤이 되어 혼자가 되자마자 그 메모지를 보관하기 위해 금고 속에 넣었다. '맙소사!' 그는 생각했다. '헨리 지킬이 살인자를 위해 위조 문서를 쓰다니!' 혈관 속의 피조차 차갑게 식는 듯했다.

래년 박사와 관련한 특이한 사건

 시간이 흘러갔다. 댄버스 경의 죽음은 공분의 대상이었고, 범인 체포에 수천 파운드의 현상금이 걸렸다. 그러나 하이드 씨는 아예 존재한 적도 없었다는 듯 경찰 수사망에서 완벽하게 사라졌다. 실제로 그의 과거의 많은 부분이 파헤쳐졌고, 그 내용은 모두 혐오스러운 것들이었다. 너무나 냉정하고 폭력적인 그의 잔혹성에 대한 이야기들, 그의 추악한 삶과 그와 어울리던 수상한 사람들, 그의 경력을 둘러싼 혐오스러운 이야기들이었다. 그러나 그가 현재 어디에 있는지에 대해서는 수근거리는 소리조차 들리지 않았다. 살인 사건이 일어난 날 아침 소호의 집을 떠난 이후 그냥 증발해 버린 듯했다. 그리고 시간이 지날수록 어터슨 씨의 놀라움도 차츰 줄어들었고, 걱정도 누그러졌다. 그의 사고방식으로는 하이드 씨의 실종이라는 결과만으로도 댄버스 경의 죽음에 대해 충분한 보상이 되고도 남았다. 사악한 영향력이 물러난 뒤 지킬 박사에게는 새로운 삶이 시작되었다. 그는 더 이상 칩거하지 않고 과거의 교우 관계를 재개했으며, 다시금 지인들의 친한 손님이자 유쾌한 사람이 되었다. 그리고 자선으로는 이미 널리 알려져 있었지만 이제는 신앙심 면에서도 못지않게 저명한 인물이 되었다. 그는 바빴고, 외출을 자주 했으며, 선행을 베풀었다. 그의 얼굴은 자신의 봉사 활동에 대해 자족해서인지 밝고 개방적으로 보였다. 지킬 박사가 이렇게 평안한 생활을 한 지 두 달 이상이 흘렀다.

    어터슨은 1월 8일에 몇몇 친구들과 함께 지킬 박사의 집에서 정찬을 했다. 래년도 함께였다. 그날 주인인 지킬 박사의 얼굴은 누가 봐도 세 사람이 붙어 다니던 시절과 달라진 게 없어 보였다. 그러나 12일과 14일에 다시 그의 집을 찾은 어터슨 변호사는 두 번다 그를 만날 수 없었다. "박사님께서는 집 안에 은거하고 계십니다." 풀이 말했다. "그리고 아무도 만나지 않겠다고 하십니다." 어터슨 씨가 15일에 다시 방문했을 때에도 여전히 그를 만날 수 없었다. 지난 두 달간 지킬 박사를 거의 매일 만나다시피 했던 어터슨 씨는 자신의 친구가 고독으로 되돌아간 것에 대해 마음이 무거웠다. 다섯 번째 거절당한 날 밤에는 게스트를 정찬에 초대해 식사를 함께 했다. 그리고 여섯 번째 거절을 당했을 때는 래년 박사를 찾아갔다.

래년 박사의 집에서는 적어도 거절을 당하지는 않았다. 하지만 집으로 들어가 친구를 만났을 때는 그의 모습이 너무나 많이 변해 있어서 큰 충격을 받았다. 그의 얼굴에는 사형 집행 영장이 쓰여 있는 것이나 다름없었다. 혈색 좋던 얼굴이 창백해졌고, 살도 빠져 홀쭉해 보였다. 머리카락도 더 빠져 늙어 보이기도 했다. 그러나 어터슨의 주의를 끈 것은 이 같은 급작스러운 신체적 쇠퇴보다 그의 눈빛과 몸짓 등에서 보이는 심각한 정신적 공포감이었다. 래년 박사가 죽음을 두려워하고 있는 것 같지는 않았지만, 어터슨 씨에게 그런 염려가 든 것도 사실이었다. '그래,' 그는 생각했다. '그는 의사이고, 자신의 상태를, 자신에게 죽을 날이 얼마 안 남았다는 사실을 알고 있는 게 틀림없어. 그래서 견디기 힘든 거야.' 그러나 어터슨이 편치 않아 보인다고 말하자, 래년은 자신이 곧 죽을 사람이라고 선언했지만 그 태도가 놀라울 정도로 담담했다.

"큰 충격을 받았네." 그가 말했다. "도저히 회복이 안 될 것 같아. 이제 여생이 몇 주 안 남았네. 흠, 그동안 잘 살았지. 즐겁게 지냈어. 그래, 친구. 그동안 나는 즐거운 인생을 살아왔네. 때로 우리가 모든 것을 안다면 이 세상을 더 기꺼이 떠나지 않을까 생각하지."

"지킬도 아프다던데." 어터슨이 말했다. "최근에 만난 적 있나?"

그 말을 듣자 래년의 안색이 변했다. 그리고 떨리는 손을 앞으로 내밀었다. "지킬 박사는 더 이상 보고 싶지 않고 그에 대해 듣고 싶지도 않네." 그가 크고 불안한 목소리로 말했다. "그와는 이제 상관하고 싶지 않네. 그냥 그가 죽은 셈 치기로 했으니 더 이상 아무 말 말아 주기를 간청하네."

"저런." 어터슨 씨는 한참을 가만히 있다가, "내가 해 줄 일이 없겠는가?"라고 물었다. "우리 셋은 아주 오랜 친구 사이네, 래년. 우리에게는 더 이상 그런 친구를 만들 시간이 없어."

"자네가 할 수 있는 일은 없네." 래년이 대답했다. "그에게 물어보게."

"나를 만나 주지 않네." 어터슨 변호사가 말했다.

"놀랍지도 않군." 래년이 대답했다. "언젠가 어터슨, 내가 죽은 뒤 아마 자네가 이 문제의 시시비비에 대해 알게 될 날이 올지도 모르네. 지금은 말할 수 없어. 지금은 일단 나와 다른 화제에 대해 이야기하세. 하지만 그 저주받은 화제에 대해 계속 생각하고 싶다면, 제발 그냥 가 주게. 나로서는 도저히 견딜 수 없으니."

어터슨은 집에 도착하자마자 책상에 앉아 지킬에게 편지를 썼다. 그는 편지에 자신을 문전박대한 것을 불평했고, 래년과의 이 불행한 절교의 원인이 무엇인지 물었다. 다음 날 긴 답장이 왔는데, 어조가 무척 처량했고, 때로 음울하고 수수께끼 같기도 했다. 지킬은 편지에 래년과의 다툼은 치유될 수 없는 것이라 적었다. "우리의 오랜 친구 래년에 대해 원망하지는 않네. 하지만 다시는 만나지 말자는 그의 의견에 동의하네. 나는 이제부터 완전히 칩거하려 하네. 우리 집 문이 자네에게까지 닫혔다 해서 놀라지 말게. 그리고 내 우정에 대해서도 의심치 말게. 다만 나 자신의 어두운 길을 그냥 가도록 내버려 두게. 나는 스스로도 이름 붙일 수 없는 처벌과 위험을 스스로 초래했네. 만일 내가 최악의 죄인이라면, 그 결과로 최악의 고통을 받는 사람도 나지. 나는 지상에 이처럼 기운을 잃게 하는 고통과 공포의 장소가 있는 줄 짐작도 못 했네. 그리고 어터슨, 이 운명을 경감시키는 데 도움을 주기 위해 자네가 해 줄 일은 단 하나, 내 침묵을 존중해 주는 것일세." 어터슨은 크게 놀랐다. 지킬 박사에게서는 하이드의 어두운 영향력이 제거되었고, 그는 과거의 일들과 친구들 곁으로 돌아왔었다. 일주일 전만 해도 즐겁고 명예로운 시기가 지속될 거란 전망이 그를 향해 미소 짓고 있었다. 그런데 한순간에 우정과 마음의 평화와 그의 삶의 모든 기조가 무너졌다. 그렇게 엄청나고 갑작스러운 변화는 광기로밖에 설명할 수 없을 것 같았다. 그러나 래년의 태도와 말로 미루어 보건대 그보다 더 심각한 이유가 있는 것이 틀림없었다.

래년 박사는 일주일 후 몸져 누웠고, 두 주도 채 되기 전에 사망했다. 장례식을 치른 날 어터슨 씨는 무척 슬픈 심정으로 사무실 문을 잠그고 초 한 자루가 밝히는 우울한 빛에 의지해 책상 앞에 앉았다. 그리고 죽은 친구 래년이 자필로 자신의 주소를 쓰고 봉한 편지를 꺼내 앞에 놓았다. "사신: J. G. 어터슨만 볼 것. 만일 어터슨이 먼저 사망할 경우 아무도 읽지 말고 없앨 것"이라 쓰였고, '사신'과 '만' 두 구절 위에 분명하게 방점이 찍혀 있었다. 변호사는 그 내용을 들여다보기 두려웠다. '오늘 친구 하나를 묻었어.' 그는 생각했다. '그런데 만일 이 편지 때문에 친구 하나를 더 잃게 된다면 어쩌지?' 하지만 곧 그런 염려는 친구에 대한 우정이 부족한 거라고 스스로를 질책하며 봉인을 뜯었다. 그 안에는 똑같이 봉인된 봉투가 하나 더 들어 있었는데, 겉에는 "헨리 지킬 박사의 사망이나 실종 시까지 열어 보지 말 것"이라 적혀 있었다. 어터슨은 자신의 눈을 믿을 수 없었다. 그렇다, 그 단어는 '실종'이었다. 여기도 그가 오래전에 지킬에게 되돌려주려다 거절당했던 그 미친 유언장처럼, 실종이라는 용어와 헨리 지킬이라는 이름이 한데 엮여 있었다. 하지만 유언장에 실종이라는 용어가 들어간 것은 하이드라는 자의 불길한 제안 때문이었다. 너무나 명백하고 끔찍한 목적으로 넣은 단어였다. 하지만 래년의 손으로 적은 이 단어는 대체 무슨 뜻일까? 그는 너무나 궁금한 나머지 금지 조항을 무시하고 당장 그 자리에서 그 비밀의 바닥을 캐 보고 싶은 유혹을 느꼈다. 하지만 직업적인 명예심과 죽은 친구에 대한 신실한 마음 때문에 그 마음을 엄하게 다스렸다. 덕분에 그 봉투는 그의 개인 금고 깊숙한 구석에서 잠자게 되었다.

    호기심을 억제하는 것과 그것을 정복하는 것은 다르다. 그날 이후 어터슨이 남은 친구 지킬 박사와 만나고 싶은 마음을 전과 같은 정도로 느꼈는지는 의문이다. 친구를 염려하는 마음이 들기는 했다. 그러나 마음이 편치 않고 두려웠다. 실제로 그의 집을 방문하기도 했지만 거절당했을 때 오히려 안도감이 들었는지 모른다. 아마도 그냥 문 앞에서 탁 트인 도시의 공기와 소리에 둘러싸여 풀과 이야기하는 편을 그 자발적인 감금의 집 안으로 들어가 속을 알 수 없는 은자와 앉아 이야기하는 것보다 진심으로 더 선호했는지 모른다. 풀이 전해 준 소식은 실제로 즐겁지 않았다. 지킬 박사는 이제 전보다 더 심하게 실험실에만 틀어박혔으며 때때로 잠도 거기서 자는 모양이었다. 기분이 우울하고 말이 없어졌으며 책도 읽지 않는다고 했다. 무슨 이유인지 깊이 고민하는 것처럼 보인다고도 했다. 어터슨은 이제 차츰 이런 소식에 익숙해졌고, 방문 간격도 점차 뜸해졌다.

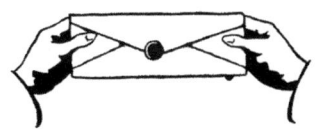

창가의 사건

어느 일요일 어터슨 씨가 엔필드 씨와 평소처럼 산보를 하다 다시 한번 문제의 골목을 지나가게 되었다. 그들의 발길이 문 앞에 다다르자 둘은 걸음을 멈추고 그 문을 물끄러미 응시했다.

"흠." 엔필드가 말했다. "그 이야기는 적어도 끝이 났군. 더 이상 하이드 씨를 볼 일은 없을 테니."

"그러기를 바라네." 어터슨이 말했다. "나도 한번 그를 본 적이 있는데, 그때 자네처럼 혐오감을 느꼈다는 사실에 대해 말한 적 있던가?"

"그자를 보고 그런 느낌을 안 받기는 불가능하지." 엔필드가 대꾸했다. "그런데 내가 이곳이 지킬 박사 댁 뒷문이라는 사실을 못 알아보았다니, 자네 눈에 내가 얼마나 한심해 보였을까! 그 사실을 깨닫게 된 것도 부분적으로는 자네 덕분이네."

"그래, 그 사실을 알게 되었군?" 어터슨이 말했다. "그렇다면 같이 안마당으로 들어가 창문이라도 좀 보면 어떨까. 솔직히 나는 불쌍한 친구 지킬이 좀 불안하네. 그리고 내가 밖에 있더라도 친구가 곁에 있어 준다는 것이 그에게 도움이 될 것 같다는 생각이 드네."

안마당은 무척 춥고 습했다. 아직 해가 지는 중이라 중천의 높은 하늘은 밝았지만, 안마당은 성급한 박명으로 가득 차 있었다. 세 창문 중 가운데 창문이 반쯤 열려 있었다. 그리고 지킬 박사가 무척 슬픈 표정을 한 채, 도저히 위로할 길 없는 비탄에 잠긴 죄수처럼 창문에 바짝 붙어 앉아 있는 모습이 눈에 띄었다.

"어이쿠! 지킬!" 어터슨 씨가 외쳤다. "좀 나아진 모양이군."

"무척 우울하네, 어터슨." 지킬 박사가 침울하게 대답했다. "무척 우울해. 오래가지는 않을 것 같네. 하느님께 감사할 일이지."

"너무 오래 집 안에만 틀어박혀 있는 것 같군." 어터슨 변호사가 말했다. "밖에 나와 엔필드 씨와 나처럼 혈액순환을 활발하게 해 주어야 하네. 여기는 내 사촌일세. 이쪽이 엔필드 씨. 이쪽은 지킬 박사. 자, 이제 모자를 쓰고 우리와 조금 걷지 않겠나."

"마음만은 고맙네." 지킬이 한숨을 쉬었다. "나도 그러고 싶은 마음은 간절하지만 안 되겠네. 안 돼, 안 돼. 불가능하네. 감히 그러지 못하겠네. 하지만 참으로 어터슨, 이렇게라도 만나게 되어 정말 기쁘네. 정말이지 큰 기쁨일세. 자네와 엔필드 씨를 이곳으로 초대하고 싶지만 지금 여기 꼴이 그럴 처지가 못 되는군."

"어, 그렇다면," 어터슨 변호사가 마음 좋게 말했다. "적어도 여기 잠시 서서 자네와 이야기 나눌 수는 있겠지."

"그것이 내가 방금 부탁하려던 거였네." 지킬 박사가 미소 지으며 대꾸했다. 그러나 그 말이 끝나자마자 그의 얼굴에서 미소가 싹 사라졌다. 그리고 공포와 절망에 질린 비참한 표정으로 바뀌었는데, 그 모습을 보고 창 아래 있던 두 신사의 피까지 얼어붙었다. 하지만 그것도 잠시뿐이었다. 창문이 순식간에 내려졌기 때문이다. 그만하면 충분히 사태를 파악할 수 있었다. 두 신사는 몸을 돌려 침묵 속에서 안마당을 빠져나갔다. 그들은 계속 침묵을 지키며 골목길 반대편으로 건너갔다. 그리고 근처, 일요일에도 사람들의 통행이 있는 큰길에 도착한 후에야 어터슨 씨가 마침내 몸을 돌려 동행을 바라보았다. 그들의 얼굴은 둘 다 창백했다. 그들의 눈에는 그 안색에 상응하는 공포가 보였다.

"신이여 우리를 용서하소서, 신이여 우리를 용서하소서." 어터슨 씨가 말했다.

엔필드 씨는 무척 심각한 표정으로 고개를 끄덕였고, 두 사람은 침묵 속에서 다시 걷기 시작했다.

마지막 밤

어느 날 저녁 어터슨 씨가 정찬 후 벽난롯가에 앉아 있는데, 풀이 방문했다는 놀라운 전갈을 들고 하인이 들어왔다.

"세상에, 풀. 어쩐 일로 여기를 다 왔나?" 어터슨이 외쳤다. 그리고 다시 풀을 쳐다본 뒤, "어디 불편한가?"라 묻고 "박사님이 편찮으신가?"라고 덧붙였다.

"어터슨 씨." 풀이 말했다. "뭔가 잘못된 것 같습니다."

"앉게. 그리고 포도주 한 잔 마시게." 어터슨 변호사가 말했다. "이제, 천천히, 무슨 일인지 분명하게 말해 보게."

"박사님의 습관을 아시지요, 어르신." 풀이 대답했다. "그리고 그분이 완전히 칩거해서 지내고 계시다는 것도요. 그런데 요새 다시 사실에 들어가 문을 완전히 걸어 잠그고 지내십니다. 그게 불길합니다, 어르신. 목숨 걸고 말씀드리지만 무척 불길합니다. 어터슨 씨, 무섭습니다."

"자, 이보게." 어터슨이 말했다. "분명히 말하게. 무엇이 무섭다는 말이지?"

"벌써 일주일쯤 되었습니다." 풀이 고집스럽게 질문을 무시하며 대답했다. "더 이상 견딜 수가 없습니다."

그의 모습만 봐도 그의 말이 진실임을 알 수 있었다. 점점 더 겁을 먹고 있는 게 분명했고, 처음에 무섭다고 말하던 순간을 제외하면 어터슨 변호사의 얼굴도 아예 똑바로 쳐다보지 못했다. 포도주 잔은 아직 입도 안 댄 채 그냥 무릎에 놓고 앉아 있었고, 눈은 마루 구석을 향하고 있었다. "더 이상 견딜 수 없습니다." 풀이 반복했다.

"저런," 변호사가 말했다. "그럴 만한 충분한 이

유가 있는 것 같군. 풀, 뭔가 심각하게 잘못된 모양이야. 그게 뭔지 말해 보게."

"제 생각에는 부정행위가 있었던 것 같습니다." 풀이 쉰 목소리로 말했다.

"부정행위라고!" 어터슨 변호사는 겁이 나 다소 격앙된 목소리로 외쳤다. "어떤 부정행위인가? 무슨 소리를 하는 건가?"

"감히 여쭙지 못하겠습니다, 어르신." 풀이 대답했다. "그러니 박사님 댁에 함께 가셔서 직접 봐 주시겠습니까?"

어터슨 씨는 잠자코 일어나 모자와 외투를 집어 들었다. 풀이 안도하는 표정을 지었고, 그 안도감이 어찌나 큰지 깜짝 놀랐다. 집사가 그의 뒤를 따르기 위해 포도주 잔을 내려놓았는데, 여전히 잔에는 입도 대지 않은 상태였다. 그 또한 놀라운 일이었다.

그날 밤은 3월 특유의 사납고 추운 밤이었다. 창백한 달이 바람에 쓰러지기라도 한 듯 누워 있었고, 아주 투명하고 얇은 부유물들이 날아다녔다. 바람 때문에 대화가 어려웠고, 얼굴에 피가 몰려 피부가 얼룩덜

룩해졌다. 게다가 바람이 거리에서 사람들을 몰아냈는지 평소보다 거리는 한산했다. 어터슨 씨는 런던 그 지역이 그렇게 한산한 광경은 처음 본 것 같았다. 거리에 사람이 많았으면 했다. 지금처럼 강렬하게 동료 인간의 존재를 보거나 만지고 싶다는 욕구를 느껴 본 적은 없었다. 아무리 애를 써도 큰 재난이 다가올 것 같은 공포감을 그의 마음속에서 몰아낼 수 없었다. 그들이 지킬의 동네 근처 광장에 다다랐을 때는 바람과 먼지로 가득 차 있었고, 정원의 가느다란 나무들이 울타리에 마구 부딪히고 있었다. 한두 발자국 앞서가던 풀은 그 순간 보도 한가운데 가만히 서서 사나운 날씨와 맞선 채 모자를 벗고 붉은색 손수건으로 이마를 닦고 있었다. 서둘러서 오기도 했지만 그의 땀은 육체적인 노력 때문이 아니라 숨 막힐 듯한 고통에서 나온 것이었다. 하얗게 질린 얼굴로 그가 말문을 열었을 때, 풀의 목소리는 거칠고 쉰 듯했다.

"아이고, 어르신." 풀이 말했다. "다 왔습니다. 하느님께서 보우하사 아무 일 없기를."

"아멘, 풀." 어터슨 변호사가 말했다.

하인이 무척 조심스러운 태도로 문을 두들겼고, 체인을 풀지 않은 채 문이 빠끔 열리며 목소리가 새어 나왔다. "풀이세요?"

"괜찮아." 풀이 말했다. "문 열게."

두 사람이 집 안으로 들어섰고, 현관에는 불이 환히 밝혀져 있었다. 벽난로에서는 불이 활활 타오르고 있었고, 남녀 하인들 모두 벽난로 주변에 양 떼처럼 옹기종기 모여 있었다. 어터슨 씨가 들어서자 하녀 하나가 병적으로 흥분된 상태에서 나오는 작은 울음소리를 냈다. 요리사는 "하느님 감사합니다! 어터슨 씨군요." 라고 외치며 그를 껴안을 듯 달려 나왔다.

"아니, 이런! 다들 여기 모여 있었나?" 변호사가 조금 언짢은 목소리로 말했다. "무척 방종한 행동이로군. 아주 부적절한 행동이야. 주인께서 언짢아하실 거네."

"다들 걱정이 되어서 그렇습니다." 풀이 말했다.

완벽한 침묵이 뒤따랐고, 누구도 항의하지 않았다. 조금 전에 칭얼대듯 울던 하녀만 이제 큰 목소리로 울고 있었다.

"입 닥쳐라!" 풀이 사나운 어조로 그녀에게 말했다. 그의 신경이 날카로워져 있음을 알 수 있었다. 사실 그녀가 그렇게 갑자기 목소리 높여 구슬프게 울기 시작했을 때, 다들 잔뜩 겁에 질린 얼굴로 내실 문을 향해 돌아서고 있었다. 무슨 일이 곧 일어날 것만 같다는 표정들이었다. "자 이제," 집사가 허드렛일을 하는 소년에게 말했다. "초 한 자루를 이리 가져오너라. 당장 이 사태를 해결하자." 그러고 나서 어터슨 씨에게 뒷마당으로 가자며 앞장을 섰다.

"이제, 어르신." 풀이 말했다. "가능한 한 조용히 오십시오. 무슨 소리가 나는지 귀 기울이시면서, 저쪽에서는 이쪽 소리를 듣지 못하게 하시면 좋겠습니다. 그리고 제 말씀 잘 들으십시오, 어르신. 만일 그분이 들어오라고 해도 절대 들어가지 마십시오."

어터슨 씨는 이 뜻밖의 권유에 너무 놀라 몸을 움찔했고, 그 바람에 균형을 잃고 비틀거릴 뻔했다. 하지만 다시 정신을 차리고 집사를 따라 실험실 건물로 들어가 궤짝과 병이 놓인 외과실을 통과해 계단 밑에 도달했다. 여기서 풀은 그에게 한 구석에 서서 귀를 기울이라는 뜻의 손짓을 보냈다. 그는 촛불을 내려놓고 굳게 마음먹은 표정으로 계단을 올라갔다. 문을 덮은 붉은색 나사 천을 두드리는 그의 손길은 다소 불안했다.

"어르신, 어터슨 씨께서 뵙자 하십니다." 풀이 말했다. 그러는 동안에도 다시 강력한 손짓을 통해 변호사에게 귀를 기울이라는 뜻을 전했다.

안에서 목소리가 들려왔다. "그분께 내가 아무도 만날 수 없다고 말씀드려." 불평하는 듯한 목소리였다.

"알겠습니다, 어르신." 풀이 조금 더 의기양양한 목소리로 말했다. 그러고는 초를 들고 앞장서서 다시 마당을 가로지르고, 풍뎅이가 벽 위를 뛰어다니고 있는 커다란 불 꺼진 부엌을 통과해 어터슨 씨를 인도했다.

"어르신." 풀이 어터슨 씨의 눈을 똑바로 쳐다보며 말했다. "저것이 주인님의 목소리였습니까?"

"많이 변한 것 같더군." 어터슨이 무척 창백한 얼굴로, 하지만 풀을 똑바로 쳐다보며 대답했다.

"변했다고요? 글쎄요, 그렇게 말할 수도 있겠지요." 집사가 말했다. "제가 이 댁에서 20년이나 살았는데 그분 목소리를 못 알아듣겠습니까? 아닙니다, 어르신. 주인님은 제거된 것입니다. 제거되신 겁니다. 여드레 전, 그분이 큰 소리로 하느님을 부르셨을 때 말입니다. 그리고 그분 대신 저 방에 있는 자는 대체 누구입니까? 왜 거기 있습니까? 이것이 하느님께 큰 소리로 여쭤 보는 질문입니다. 어터슨 씨!"

"참으로 이상한 소리를 하는군, 풀. 무척 황당한 이야기일세, 이보게." 어터슨 씨가 손가락을 깨물며 말했다. "자네 짐작이 맞다고 해 보세. 지킬 박사가, 그러니까 살해되었다고 가정해 보세. 그렇다면 살인자가 왜 그 방에 있겠나? 그건 논리적으로 말이 안 되네. 이성적으로 설명이 안 돼."

"글쎄요, 어터슨 씨. 어르신께서는 아무 가정이나 쉽게 받아들이실 분이 아니십니다. 하지만," 풀이 말했다. "지난 일주일 내내, 어르신은 아시겠지만 그 사람인지 무엇인지, 아무튼 저 안에 있는 자가 밤낮으로 무슨 약을 달라고 하는데, 잘 생각이 안 나는 모양이더라고요. 그분의, 그러니까 주인님의 방식이 때때로 요구 사항을 메모지에 적어 계단에 내놓으시는 겁니다. 저희는 지난주에 그런 식 말고는 아무 명령도 받은 적이 없습니다. 메모지만 나오고 문은 꽉 닫혀 있지, 식사마저 보는 사람이 없을 때만 살짝 들여 가더라 이겁니다. 그러니까 어르신, 매일, 그렇습니다. 하루에도 두세 번, 명령과 불평이 저 방에서 적혀 나오면 제가 런던의 온갖 약재 도매상으로 부리나케 달려가곤 했습니다. 그런데 약재를 가져다 놓으면 받는 즉시 도로 물리라고, 그 약재가 순수한 게 아니라고 쓰인 메모지가 나왔습니다. 그런 다음 다른 가게에 또 주문을 시켰습니다. 그자가 이 약재를 아주 간절히 원하고 있습니다, 어르신. 뭐에 쓰려는지 모르겠지만."

"그 메모지 가지고 있나?" 어터슨 씨가 물었다.

풀이 주머니를 만져 보더니 구깃구깃한 종이 하나를 꺼내 건넸다. 어터슨 씨는 그 종이를 촛불 가까이 가져가 조심스럽게 살펴보았다. 내용은 다음과 같았다. "지킬 박사가 메서즈 모에게 인사를 드립니다. 방금 보내신 샘플은 순수한 것이 아니며 제가 지금 쓰려는 목적에 아무 소용이 없다는 사실을 분명히 말씀드립니다. 저는 18xx년에 귀하의 가게에서 상당히 많은 양의 약품을 샀습니다. 부탁드리오니, 최대한 성의 있게 찾아보셔서 만일 같은 약품이 조금이라도 남아 있다면 즉시 보내 주십시오. 비용은 문제가 아닙니다. 제게는 그 약품이 더할 나위 없이 중요합니다." 거기까지의 내용은 침착하게 쓰여 있었다. 그러나 그다음부터 갑자기 펜을 빠르게 놀려 글쓴이의 감정을 마구 쏟아냈다. "제발 부탁이니, 옛날 그 약품을 조금이라도 찾아주십시오."

"이상한 편지로군." 어터슨 씨가 말했다. 그러고 나서 날카로운 목소리로, "그런데 어떻게 자네가 이 편지를 읽어 보았나?"

"메서즈 모의 주인이 무척 화가 났습니다, 어르신. 그래서 그 편지를 저를 향해 내던졌습니다. 더러운 진흙이라도 되는 것처럼." 풀이 대답했다.

"이 필체는 박사님 필체가 틀림없는걸. 자네도 알지?" 어터슨 변호사가 말을 이었다.

"제 생각에도 그런 것 같기는 했습니다." 풀은 다소 뚱한 어조로 말하고 나서 다른 어조로, "하지만 필체가 무슨 소용입니까." 그가 말했다. "제가 봤는데!"

"봤다고?" 어터슨 씨가 되물었다. "그래서?"

"그겁니다!" 풀이 말했다. "이랬습니다. 제가 마당에 있다가 갑자기 실험실로 들어갔을 때였습니다. 그자가 약인지 뭔지를 찾으러 밖으로 나와 있었던 것 같았습니다. 문이 열려 있었으니까요. 방 반대편 끝에서 궤짝을 뒤지고 있더라고요. 제가 들어가니 비명 비슷한 것을 지르더니 잽싸게 층계를 뛰어올라 안으로 들어가 버렸습니다. 제가 본 시간은 1분도 채 되지 않았습니다. 하지만 제 머리카락이 깃처럼 쭈뼛 곤두섰습니다. 어르신, 그자가 제 주인이라면 왜 얼굴에 마스크를 쓰고 있었겠습니까? 제 주인이라면 왜 쥐새끼마냥 비명을 지르며 제게서 도망을 쳤을까요? 저는 주인을 아주 오랫동안 모셔 왔습니다. 그런데……." 풀은 말을 멈추고 손으로 얼굴을 쓸어내렸다.

"참으로 이상한 일이로군." 어터슨 씨가 말했다. "하지만 빛이 보이는 것 같네. 자네 주인은 풀, 고통스러울 뿐 아니라 형체도 변형시키는 병 중 하나에 걸린 것이 틀림없네. 내 생각에는 그래서 목소리도 변한 것이지. 그래서 마스크를 쓰고, 친구들도 만나지 않고. 또 빨리 약을 구해 나아 보려고 그렇게 열심히 약을 구하는 것이고. 하느님께 비오니, 약의 효험이 있으면 좋겠군! 내 설명은 그렇네. 생각만 해도 슬프고 끔찍하군, 풀. 하지만 그것이야말로 명백하고 자연스러운 설명이네. 그렇게 설명하면 말이 되고 허황하게 겁내지 않아도 되네."

"어르신." 얼굴이 부분 부분 창백해지며 풀이 말했다. "저자는 제 주인님이 아닙니다. 그것이 진실입니다. 주인님은," 이때 그는 주변을 둘러보며 목소리를 낮추었다. "키가 크고 체격이 좋으십니다. 그런데 저자는 난쟁이에 가깝습니다." 어터슨이 이의를 제기하려 하자, "오, 어르신." 하며 풀이 외쳤다. "20년 동안이나 주인을 모신 제가 그분을 못 알아볼 거라 생각하십니까? 그분 머리가 문 어디께 닿는지 제가 모를 거라 생각하십니까? 그 앞에서 매일 그분을 뵈었는데요? 아닙니다, 어르신. 마스크를 쓰고 있는 저자는 절대 지킬 박사님이 아닙니다. 저자가 무엇인지는 하느님만 알고 계십니다. 하지만 절대로 지킬 박사님은 아닙니다. 살인이 저질러진 것이 틀림없다는 것이 저의 직감입니다."

"풀." 어터슨 변호사가 대답했다. "자네가 그렇게

말한다면, 확인을 하는 것이 내 의무네. 자네 주인의 기분을 거스르고 싶지는 않지만, 또 이 편지가 그가 살아 있다는 증거인 듯해 좀 이상하긴 하지만 저 안을 들여다보는 것이 내 의무일 것이네."

"아, 어터슨 씨, 제 말씀이 바로 그 말씀입니다!" 풀이 외쳤다.

"그러면 두 번째 질문이 생기는데." 어터슨이 말을 이었다. "누가 문을 부수지?"

"당연히 어르신과 제가 해야겠지요." 그가 주저 없이 대답했다.

"좋네." 변호사가 말했다. "그리고 결과가 어떻든 자네에게 해가 가지 않도록 내가 조처하겠네."

"실험실에 도끼가 있습니다." 풀이 말을 이었다. "그리고 어르신께서는 부지깽이를 들고 계시는 것이 좋겠습니다."

어터슨 변호사는 그 거칠고 무거운 도구를 손에 쥐고 균형을 잡았다. "알고 있나, 풀." 변호사가 그를 올려다보며 말했다. "우리가 지금 좀 위험한 일을 하고 있다는 사실을?"

"그렇게 말씀하실 수도 있겠지요, 어르신. 사실……." 풀이 대답했다.

"그렇다면 좋네, 솔직하게 이야기하세." 어터슨이 말했다. "우리 둘 다 속마음을 아직 다 말하지 않았지. 이제 솔직히 이야기하세. 자네가 본 그 마스크를 쓴 사람 말이네, 누구인지 알겠는가?"

"글쎄요, 어르신. 너무 빨리 지나가서요. 그리고 그자가 몸을 웅크리고 있었기 때문에 장담은 못 하겠습니다." 풀이 대답했다. "하지만 말씀의 의미가, 그자가 하이드 씨였냐라면, 제 생각에는 그런 것 같습니다! 그러니까 몸의 크기가 아주 비슷했습니다. 움직임도 하이드 씨처럼 가볍고 재빨랐습니다. 그리고 그 말고 실험실 문으로 들어갈 사람이 누가 있겠습니까? 지난번 살인을 저질렀을 때도 그곳 열쇠를 가지고 있었다는 사실을 잊지 않으셨겠지요, 어르신? 그게 다가 아닙니다. 하이드 씨를 직접 만난 적 있으신지 모르겠습니다만, 어르신?"

"만난 적 있네." 어터슨 변호사가 말했다. "한 번 이야기를 한 적이 있지."

"그렇다면 저희와 마찬가지로 그 신사에게 뭔가 이상한 점이 있다는 걸 아실 겁니다. 그를 보면 고개를 돌리게 만드는 점 말입니다. 그렇게밖에 달리 뭐라 표현해야 좋을지 모르겠습니다, 어르신. 이상하게 뼛속까지 시리고 오싹해지는 느낌 말입니다."

"나도 자네가 묘사하는 그런 느낌을 받았네." 어터슨 씨가 말했다.

"그렇습니다, 어르신." 풀이 대답했다. "그런데 그 마스크를 쓴 자가 화학약품들 사이에 있다가 원숭이처럼 펄쩍 뛰어 재빨리 방으로 들어갈 때 제 등골이 얼음처럼 오싹해졌습니다. 오, 그것이 증거가 될 수 없다는 걸 압니다, 어르신. 그 정도는 저도 독서를 통해 알고 있습니다. 하지만 직감이라는 게 있는 법입니다. 저는 그자가 하이드 씨라는 걸 성서에 대고 맹세할 수 있습니다!"

"그래, 그래." 어터슨 변호사가 말했다. "나도 바로 그 점이 걱정이네. 그자 때문에 꼭 끔찍한 일이 벌어질 것 같았어. 그런 일이 반드시 생길 것 같더군. 그래, 나도 진심으로 자네 말을 믿네. 불쌍한 헨리가 그자에 의해 살해되었다고, 그리고 그의 살해자가(목적이 무엇인지는 하느님만 아실 테지.) 아직도 피해자 방에 숨어 있다고 믿네. 음, 우리가 복수를 하세. 브래드쇼를 부르게."

시종인 브래드쇼가 무척 창백하고 겁에 질린 표정으로 나타났다.

"정신 똑바로 차리게, 브래드쇼." 변호사가 말했다. "나도 이 긴장 상태 때문에 다들 불안한 상태라는 걸 알고 있네. 하지만 이제 그 상황을 끝장 내려는 거야. 이제 풀과 내가 문을 부수고 박사님 방으로 들어갈 작정이네. 아무 문제도 없다면 내가 다 책임지겠네. 진짜 나쁜 일이 일어났을지도 모르고, 아니면 범죄자가 뒷문으로 도망치려 할지도 모르니까 자네와 급사 아이가 튼튼한 막대를 하나씩 들고 모서리를 돌아가서 실험실 문 옆에 서 있게. 자네들이 채비를 갖추고 그곳까지 가는 데 10분의 여유를 주겠네."

브래드쇼가 떠나고, 어터슨 변호사는 시계를 들여다보았다. "이제, 풀, 우리도 우리 자리로 가세." 그가 말했다. 그리고 부지깽이를 겨드랑이에 끼고 마당으로 향했다. 구름이 달을 가려 주변이 무척 어두워져 있었다. 바람이 건물 깊숙이 간헐적으로 불어왔고, 그 때문에 그들의 걸음걸이에 맞추어 촛불이 흔들렸다. 그들은 실험실을 피신처 삼아 들어가 조용히 앉아 기다렸다. 먼 곳에서 런던 시내에서 나는 엄숙한 웅웅 소리가 들려왔다. 그러나 가까운 곳에서는 방문 바로 안쪽에서 오락가락하는 발걸음 소리만이 정적을 깨뜨렸다.

"종일 저렇게 서성댄답니다, 어르신." 풀이 속삭였다. "그렇습니다. 밤에도 오랫동안 서성댑니다. 약국에서 새로운 샘플을 가져올 때에만 잠깐 멈춥니다. 아, 저렇게 쉬지 못하고 서성대는 것은 양심의 가책 때문입니다! 아, 어르신, 저 발걸음 하나하나마다 범죄로 흘린 피가 있습니다. 하지만 다시 들어 보세요. 조금 가까이에서, 귀에 정신을 집중해 보십시오, 어터슨 씨. 그리고 말씀해 주십시오. 저것이 박사님 발걸음 소리입니까?"

발걸음은 가볍고 기묘했으며 천천히 움직이는 데 비해 휘청대는 것 같기도 했다. 그것은 실로 무겁게 뚜 끄덕 소리를 내는 헨리 지킬의 발걸음과는 달랐다. 어터슨은 한숨을 쉬었다. "다른 일은 전혀 없나?" 그가 물었다.

풀은 고개를 끄덕였다. "한번은," 풀이 말했다. "한번은 우는 소리가 들렸습니다!"

"운다고? 어떻게?" 어터슨 변호사가 갑자기 공포감으로 등골이 서늘해지며 말했다.

"여자같이, 지옥에 떨어진 영혼같이 울었습니다." 풀이 말했다. "그 소리를 듣고 있자니 마음이 무거워져 저도 울 뻔했습니다. 그래서 거기 계속 있을 수가 없었습니다."

이제 10분이 다 되어 가고 있었다. 풀은 포장용 지푸라기 더미 아래에서 도끼를 꺼냈다. 초는 가장 가까운 탁자 위에 놓아 그들이 공격할 때 그 빛을 이용할 수 있도록 했다. 그리고 나서 그들은 숨죽인 채, 그 환자의 발걸음 소리가 조용한 밤공기를 뚫고 계속 오락가락하고 있는 곳을 향해 다가갔다.

"지킬!" 어터슨이 큰 소리로 외쳤다. "모습을 드러내게!" 그는 잠시 멈추었다. 그러나 아무 대답도 들리지 않았다. "경고하는데, 우리 의심이 자네 모습을 꼭 봐야만 풀리겠네." 어터슨이 말을 이었다. "만일 좋은 말로 할 때 안 나오면 강제로라도, 자네 스스로 나오지 않는다면 폭력을 써서라도!"

"어터슨," 목소리가 말했다. "하느님께 비오니, 제발 불쌍히 여겨 주게!"

"아, 저건 지킬의 목소리가 아니군. 하이드의 목소리야!" 어터슨이 외쳤다. "문을 부수게, 풀."

풀은 어깨 위로 도끼를 쳐들었다. 도끼로 문을 내려찍자 건물이 흔들렸다. 붉은 나사 천을 덮은 문은 자물쇠와 경첩의 저항에도 불구하고 크게 흔들렸다. 안에서는 단순한 동물적 공포심에서 나오는 듯한 아득한 비명 소리가 울려 퍼졌다. 도끼가 다시 들어 올려지고, 문짝이 부서지며 문틀이 튕겨 나갔다. 도끼날이 문을 네 번이나 찍었다. 그러나 나무는 튼튼했고, 부품은 탁월한 기술로 만들어진 것들이었다. 다섯 번째까지 찍고 나서야 자물쇠가 왈칵 벗겨지고 너덜너덜해진 문짝이 방 안 카페트 위로 넘어졌다.

어터슨과 풀은 자신들이 방금 만든 난장판과 뒤

이은 고요에 놀라 잠시 한 발짝 뒤로 물러나 방 안을 들여다보았다. 그들의 눈앞에서는 고요한 등불이 방을 비추고 있었다. 벽난로에서는 불이 탁탁 소리를 내며 활활 타고 있었고, 주전자가 가는 소리로 노래하고 있었다. 서랍이 한둘 열려 있었으며, 사무용 탁자 위에는 서류들이 깔끔하게 정리되어 있었다. 벽난로 가까이에는 다기가 차려져 있었다. 화학약품으로 가득 찬 반짝거리는 벽장만 아니라면 아마도 그날 밤 런던에서 가장 고요하고 평범한 방이라 부를 수도 있을 듯했다.

방 한가운데 누군가 몸이 흉하게 뒤틀린 채 누워 여전히 꿈틀거리고 있었다. 두 사람이 발끝으로 살금살금 다가가 몸을 뒤집자 에드워드 하이드의 얼굴이 나타났다. 그의 옷이라기에는 너무 큰, 지킬 박사가 입을 만한 크기의 옷을 입고 있었다. 그의 얼굴 근육에서는 생명이 느껴졌지만, 사실 생명은 완전히 그곳을 빠져나가고 없었다. 손에 쥐고 있던 으스러진 약병과 공중에 떠도는 강력한 약품 냄새로 미루어* 그가 자살을

---

* 청산가리 성분을 약병에 보관하고 있다가 먹었다는 뜻.

한 것이 분명했다.

"너무 늦게 왔군." 어터슨이 엄숙하게 말했다. "구하기에도 벌을 주기에도 너무 늦었어. 하이드는 이미 심판자에게 돌아갔네. 이제 자네 주인의 시체만 찾으면 되겠군."

그 건물을 구성하는 것은 1층 대부분을 차지하면서 채광창이 천장에 있던 실험실과 위층 한쪽 끝에서 마당을 내려다보던 개인 방이 전부였다. 실험실은 통로를 통해 골목길 쪽으로 난 문과 연결되어 있었고, 방은 제2의 계단을 통해 실험실과 연결되어 있었다. 그 외에는 몇 개의 컴컴한 벽장과 넓은 지하실이 전부였다. 그들은 그 모든 공간을 철저히 수색했다. 벽장은 전부 비어 있었고, 문에서 먼지가 떨어지는 것으로 보아 오랫동안 문을 연 적도 없어 보였다. 지하실은 온갖 목재로 채워져 있었는데, 사실상 이전 소유자인 외과 의사 때부터 보관해 놓았던 목재가 대부분이었다. 하지만 그들이 문을 열자 오랜 세월 쌓여 완벽한 매트가 되어 문을 막고 있었던 거미줄이 그들 발밑으로 떨어졌다. 더 이상 볼 필요도 없었다. 도대체 죽었는지 살

앉는지, 헨리 지킬의 흔적은 어디에도 없었다.

풀은 복도 바닥 위로 발을 쿵쿵 굴려 보았다. "여기 묻어 놓은 것이 틀림없습니다." 그가 울리는 소리에 귀를 기울이며 말했다.

"혹은 도망을 갔는지도 모르지." 어터슨이 말했다. 그러고 나서 그는 돌아서서 뒷골목 쪽문을 살펴보았다. 문은 잠겨 있었다. 복도 위에는 이미 녹이 슨 열쇠가 놓여 있었다.

"이 열쇠는 사용된 것처럼 보이지 않는걸." 어터슨 변호사가 말했다.

"사용이라고요!" 풀이 그 말을 되풀이했다. "부서진 게 안 보이십니까? 누군가 짓밟은 것처럼 보이는군요."

"그렇군." 어터슨이 말을 이었다. "그리고 부서진 부분에 녹이 슬어 있어." 두 남자는 겁에 질려 서로를 바라보았다. "도무지 무슨 일인지 모르겠군, 풀." 변호사가 말했다. "일단 방으로 돌아가세."

그들은 말없이 계단을 올라갔다. 시체에 이따금 두려운 눈길을 던지며 그 방의 내용물을 철저히 조사하기 시작했다. 탁자 하나에서는 화학 실험을 한 흔적이 보였다. 다양한 분량으로 측정된 흰 분말의 무더기가 여러 개의 유리 접시에 담겨 있는 것으로 보아, 그들이 문을 부수고 들어가기 전까지 그 불운한 자가 무슨 실험을 하던 중인 것 같았다.

"이것은 제가 늘 심부름으로 사 온 약입니다." 풀이 말했다. 그때 약한 소리를 내던 주전자가 끓어 넘치기 시작했다.

그래서 두 사람은 벽난롯가로 갔는데, 그곳에 안락의자가 놓여 있었고, 의자에 앉은 사람의 팔꿈치가 닿을 만한 곳에 다기가 놓여 있었다. 컵에는 설탕도 들어 있었다. 선반에는 책이 몇 권 있었고, 책 한 권은 다기들 곁에 펼쳐져 있었다. 어터슨은 그것이 경건한 책인 것을 보고 놀랐다. 지킬이 무척이나 높이 평가하던 바로 그 책에 그의 필적으로 신성모독의 말들이 적혀 있었다.

그 방을 뒤지다 그들은 우연히 전신 거울과 마주쳤는데, 거울 속을 들여다보다 자신들도 모르게 진저리를 쳤다. 그 거울이 보여 주던 것은 천장에서 춤을

추고 있는 장미색 불빛과 반짝이는 벽장 표면을 통해 수백 번 반복되던 불빛, 그리고 그것을 들여다보는 자신들의 공포에 질린 창백한 얼굴뿐이었다.

"이 거울은 이상한 장면들을 목격했을 것입니다, 어르신." 풀이 속삭였다.

"그런데 이것만큼 이상한 물건도 없어." 같은 어조로 어터슨 변호사가 받았다. "지킬이 대체……." 그는 자신이 말해 놓고도 친구의 이름을 듣고 소스라쳐 놀랐다가 다시 마음을 추스르며 말했다. "지킬이 대체 왜 이 거울이 필요했을까?"

"그러게 말입니다!" 풀이 말했다.

다음으로 그들은 사무용 탁자를 살펴보았다. 책상 위에는 서류들이 단정하게 정돈되어 있었다. 맨 위에 커다란 봉투 하나가 놓여 있었는데, 지킬 박사의 필적으로 어터슨이란 이름이 적혀 있었다. 그가 봉투를 여니, 그 안에서 봉투 몇 개가 떨어졌다. 처음 것은 유언장이었다. 그가 6개월 전에 돌려준 것처럼 자기가 죽을 경우에는 유서가, 그리고 사라질 경우에는 증여 증서가 될 것이라는 똑같은 조건을 언급하고 있었다.

다만 에드워드 하이드라는 이름 대신 개브리얼 존 어터슨이라는 이름이 쓰여 있어 형언할 수 없는 놀라움에 사로잡혔다. 그는 풀을 쳐다보다 다시 서류를 보았으며, 마침내 카페트 위에 늘어져 있는 악한의 시체를 보았다.

"머리가 핑핑 도는 것 같군." 어터슨이 말했다. "그동안 뭐에 씌인 것 같았는데, 나를 좋아할 이유도 없었고. 자기만 고립되어 화가 났을 텐데 이 서류를 없애지 않았다니."

그는 다음 서류를 집어 들었다. 그것은 지킬 박사의 필적으로 쓰인 짤막한 편지였고, 맨 위에 날짜가 적혀 있었다. "오, 풀!" 어터슨 변호사가 외쳤다. "오늘 살아서 여기 있었어. 그렇게 짧은 시간에 그를 없앨 수는 없었을 텐데. 아직도 살아 있는 것이 틀림없어. 도망친 거야! 하지만 왜 도망쳤지? 어떻게? 그렇다면 우리는 이것을 자살이라고 말할 수 있을까? 오, 신중해야겠어. 우리 때문에 자네 주인이 끔찍한 파국에 말려들 수도 있겠어."

"그 편지를 읽지 그러십니까, 어르신?" 풀이 말했다.

"두려워서 그러네." 그가 엄숙하게 대답했다. "그럴 이유가 없기를 하느님께 빕니다!" 그러고 나서 편지를 눈 가까이 가져가 읽었는데, 내용은 다음과 같았다.

친애하는 어터슨, 이 편지가 자네 손에 들어갈 즈음에 나는 사라지고 없을 것이네. 이것은 내가 미리 예상치 못한 상황 때문이네. 하지만 종말은 확실하게, 또 빨리 올 수밖에 없다는 것을 본능적으로 알 수 있네. 그리고 내가 처한 상황, 내가 이름 붙일 수 없는 그 상황에 따른 모든 정황에 비추어 보아도 마찬가지지. 그러니 가서 우선 래년이 자네에게 줄 거라고 내게 말했던 그 편지를 읽게. 그리고 그 이상의 이야기를 듣고 싶다면 내 고백을 듣도록 하게.
자네의 우정을 누릴 자격이 없는 불행한 친구,
헨리 지킬.

"봉투가 하나 더 있나?" 어터슨이 물었다.
"여기 있습니다. 어르신." 풀이 말했다. 그리고 그

의 손에 몇 군데 봉인이 된, 제법 두툼하고 큰 봉투를 건네주었다.

어터슨 변호사는 그것을 받아 주머니에 넣었다.
"나는 이 편지에 대해 아무 말도 하지 않을 작정이네. 만일 자네 주인이 도망을 쳤거나 죽었다면 그의 명예라도 구해야 하니까. 이제 10시가 되었군. 집에 가서 이 서류들을 조용히 읽어 보겠네. 하지만 자정 전에는 돌아오겠네, 그때 경찰을 부르세."

그들은 실험실 문을 잠그고 나갔다. 어터슨은 현관 벽난롯가에 모여 있던 하인들에게 다시 작별을 고하고, 이제 이 비밀을 설명해 줄 두 통의 편지를 읽기 위해 지친 걸음으로 사무실로 향했다.

래년 박사의 편지

4년 전 1월 9일 저녁에 내게 동료이자 학창 시절부터 절친인 헨리 지킬이 자필로 쓴 등기우편이 도착했네. 뜻밖의 일이었지. 우리가 서로 편지를 주고받는 사이가 전혀 아니었기 때문이네. 자주 만나기도 하고, 실은 바로 전날 밤 식사도 함께했었지. 그리고 우리 사이에 등기라는 형식까지 동원할 필요가 있는 어떤 용건도 상상할 수 없었네. 편지 내용은 더욱 놀라웠지. 그 내용은 아래와 같았네.

　　친애하는 래년, 자네는 나의 가장 오랜 친구 중 한 사람일세. 그리고 비록 과학적인 문제에 대한 의견이 서로 갈릴 때도 있지만, 적어도 나는 우리의 우정에 금이 간 경우는 기억나지 않네. 만일 자네가 '지킬, 자네에게 내 생명과 명예와 이성이 달려 있네.'라고 말한다면 나는 자네를 구하기 위해 언제라도 내 재산이나 왼손을 희생했을 것이네.* 래년, 그런데 지금 내 생명과 명예와 이성이 모두 자네 손에 달려 있네. 만일 자네가 오늘 밤 나를 돕지 않으면 내 인생은 끝난 것과 마찬가지네. 이런 내용의 서론을 읽었으니 내 부탁이 뭔가 불명예스러운 일에 관한 것이라고 생각할지 모르겠네. 스스로 판단해 보게.

　자네에게 오늘 밤 다른 약속이 있다면 모두 연기하기를 부탁하네. 그렇네, 만일 자네가 황제의 침대 곁으로 소환된다 하더라도. 자네의 마차가 이미 자네 집 문 앞에서 대기하고 있는 상황이 아니라면 바로 승합차를 타고, 이 편지를 참고용

---

* 영어에서 보통 '오른손을 희생'한다는 표현이 극단적으로 돕는다는 뜻의 관용구로 사용되는데, 여기서는 사악하고 부정한 것을 뜻하는 '왼손'을 언급함으로써 지킬 박사가 이미 타락한 인물임을 보여 주고 있다.

으로 손에 들고 곧장 내 집으로 가 주게. 내 집사인 풀에게 이미 명령을 해 놓았네. 그가 자물쇠 제조공과 함께 자네의 도착을 기다리고 있을 걸세. 그런 뒤 내 방문을 강제로 열고 혼자 들어가게. 왼쪽의 E라 적힌 윤이 나는 장을 열어야 하는데, 만일 그것이 잠겨 있으면 자물쇠를 부숴 주게. 그리고 위에서 네 번째, 혹은 밑에서 세 번째 (마찬가지니까) 서랍을, 그 안의 모든 내용물은 그대로 둔 채 꺼내 주게. 내가 극단적으로 곤란한 상황에 처해 있기 때문에 혹여 자네에게 지시를 주며 실수를 하는 것은 아닌가 걱정되는군. 그 걱정 때문에 병이 날 지경이네. 하지만 내 지시가 틀렸을 경우 자네가 서랍의 내용물을 보면 어느 서랍이 맞는 것인지 알 수 있을 것이네. 그 안에는 분말이 몇 가지 있고 작은 유리병이 하나, 그리고 공책이 한 권 있네. 이 서랍을 현재 상태 그대로 캐번디시 스퀘어로 가지고 가 주기를 간곡히 부탁하네.

그것이 자네가 도와줄 일의 첫 번째 부분이네. 그리고 이제 두 번째 부분에 대해 말하겠네.

만일 자네가 이 편지를 받자마자 즉시 이 과제에 착수한다면 자정이 되기 훨씬 전에 귀가할 것이네. 하지만 자정까지 시간을 주겠네. 미리 예방할 수도 예견할 수도 없는 그런 장애물을 만날 수도 있고, 그다음 과제를 수행하는 데 자네의 하인들이 자러 간 뒤가 더 나을 것이기 때문이네. 그러니 자정에 자네가 혼자 자네 진찰실에 있다가 어떤 사람이 내 이름을 대고 오면 직접 집 안으로 맞아들여 내 장에서 빼 온 그 서랍을 넘겨주기 바라네. 그것으로 자네의 과제는 완수될 것이고, 그렇게 해 준다면 진심으로 감사하겠네. 만일 자네가 설명을 원한다면 그 서랍을 건네고 나서 5분 뒤에 그 같은 단계들의 결정적인 중요성에 대해 이해하게 될 것이네. 그리고 만일 내 부탁이 아무리 황당해 보여도 그 단계 중 하나라도 무시한다면 내 죽음이나 이성의 난파가 자네의 양심을 짓누르게 될지 모르네.

자네가 이런 내 부탁에 대해 소홀히하지 않을 것이라 믿으면서도 그럴 가능성에 대해 생각만 해도 가슴이 철렁하고 손이 떨리네. 내가 지금 이 시간에 아주 이상한 곳에서 아무리 과장하더라도 경박하다고 할 수 없는, 극도로 심각한 곤란으로 고통받고 있다는 사실을 명심해 주게. 그리고 만일 제때 내 부탁을 들어주지 않는다면, 내 고통은 이미 끝난 이야기가 되어 버릴 것임을 잘 기억해 주게. 부탁하네, 내 소중한 친구 래년. 나를 구해 주게.

       18xx년 12월 10일
        자네의 친구,
         H. J.

추신: 이 편지를 봉하고 났을 때 새로운 공포감이 엄습했네. 우체국 사정 때문에 자네가 내 부탁을 제때 들어주지 못할 수도 있겠구나. 이 편지가 내일 아침까지 자네 손에 들어가지 않을 수도 있겠구나 하는. 그런 경우 내 친구 래년, 내가 부탁한 일을 낮에 자네가 가장 편리한 시간에 해 주게. 그리고 만일 그날 밤 그 사

람이 나타나지 않고 아무 일 없이 지나간다면, 헨리 지킬은 더 이상 이 세상 사람이 아니라네. 그렇게 알고 있게나.

　이 편지를 읽고 나서 나는 친구가 정신이 나간 것이 틀림없다고 확신했지. 하지만 의심의 여지 없이 그 사실을 증명할 때까지는 그의 부탁을 들어주는 편이 낫겠다고 느꼈네. 이 뒤죽박죽의 사태가 이해할 수 없으면 없을수록 나는 그 사태의 중요성에 대해 그만큼 제대로 판단할 위치에 있지 않은 것이니까. 그리고 그렇게 절박한 부탁을 그냥 모른 체할 수 없었네. 친구로서의 책임감이 있으니까. 그래서 나는 바로 탁자에서 일어나 마차를 타고 곧장 지킬의 집으로 향했네. 집사는 나의 도착을 기다리고 있었지. 그도 나와 같은 시간에 지킬의 지시를 담은 편지를 등기로 받았던 거지. 그래서 즉시 자물쇠 기술자와 목수를 불러 놓고 기다렸네. 그들은 내가 풀과 이야기를 나누고 있는 동안 도착했지. 이어서 우리는 그 집의 이전 소유자인 덴먼 선생이 수술실로 쓰던 방으로 함께 갔네. 그곳이 자네도 물론 알겠지만, 지킬의 방으로 들어갈 수 있는 가장 편리한 통로였지. 그 방의 문은 무척 튼튼했고 자물쇠도 훌륭했네. 목수는 그 문을 열기가 무척 힘들며, 만일 완력으로 연다면 문에 큰 손상을 입힐 거라고 단언했지. 자물쇠 기술자는 거의 절망 상태였네. 그러나 워낙 솜씨가 좋아 두 시간 정도 작업 후에 문을 열었네. 나는 E라고 쓰인 장문을 열고 서랍을 꺼내 지푸라기를 덮고 헝겊으로 싸서 묶은 뒤 그것을 들고 캐번디시스퀘어로 돌아갔네.

그런 뒤 나는 그 내용물을 조사했지. 분말들은 단정하게 정리되어 있었지만, 약제사처럼 깔끔하게 정리한 것은 아니었네. 그러니 그것들은 지킬이 개인적으로 제조한 약품임에 틀림없었네. 포장 하나를 열어 보니 단순한 흰색 정제 소금처럼 보이는 분말이 들어 있었네. 다음으로 유리병이 보였는데, 거기에는 피처럼 붉은 액체가 반쯤 차 있었네. 그 액체에서는 무척 매큼한 냄새가 났고, 내가 보기에 인 성분과 휘발성 강한 에테르 종류의 성분을 포함하고 있는 듯했네. 다른 성분들에 대해서는 짐작할 수 없었네. 공책은 평범한 번역 연습용이었는데 일련의 날짜들 외에는 아무것도 적혀 있지 않았네. 이 날짜들은 여러 해에 걸쳐 있었지만, 1년쯤 전에 아주 갑작스럽게 끊겨 있었네. 날짜 뒤 여기저기에 간단한 메모가 적혀 있었는데, 대부분 단어 하나 이상은 아니었네. 다 해서 600개 정도 되는 날짜 곁에 '더블'이라는 단어가 여섯 번쯤 적혀 있었네. 그리고 아주 초기에 한 번 '완전한 실패!!!'라고 느낌표가 여러 개 찍힌 구절이 있었지. 이 모든 것이 호기심을 자극하기는 했지만 무슨 내용인지 전혀 짐작할 수 없었네. 특정 색깔의 액체 한 병과 종이로 싼 소금 비슷한 분말과 실제적인 유용성과는 무관한 (지킬의 연구가 다 그렇듯) 일련의 실험 기록이었지. 내 집에 이런 물건들을 가져오는 것이 어떻게 내 변덕스러운 동료의 명예나 이성, 혹은 생명과 관련된다는 것인지? 그의 심부름꾼이 왜 어디는 가도 되고 다른 곳은 가면 안 된다는 것인지? 그리고 어떤 장애가 있더라도, 나는 왜 그 신사를 비밀리에 맞이해야 하는지? 생각하면 할수록 지킬이 정신 질환을 앓고 있는 것이 분명하다는 확신이 들었네. 그리고 하인들은 들여보냈지만, 나 자신은 보호해야 하니 낡은 총을 한 자루 장전해 두었지.

런던 시내의 시계가 12시를 치자마자 문고리에서 무척 가벼운 소리가 났네. 직접 나가 보니 현관 주랑에 어떤 자그마한 사내가 웅크리고 기대 서 있더군.

"지킬 박사가 보냈습니까?" 내가 물었지.

그는 "그렇습니다."라고 별로 움직이지 않으며 대답했네. 내가 들어오라 하니 고개를 살짝 뒤로 돌려 어두운 동네를 흘낏 살펴보고 나서 내 말에 따랐네. 그리 멀지 않은 곳에 순경 하나가 등불을 들고 다가오고 있었네. 내 손님은 그 모습을 보고 놀라 무척 서두르는 듯했네.

나는 그런 모습들을 보며 당연히 불안했지. 그래서 그를 앞세워 밝은 진찰실로 들어가면서도 언제라도 총을 빼어 들 태세를 취했네. 진찰실에 들어가자 마침내 그의 모습이 똑똑히 보였네. 일단 확실한 점은 내가 한 번도 만난 적 없는 사람이라는 것이었네. 앞서 말한 것처럼 체구가 자그마한 사람이었네. 또한 얼굴 표정이 무척 충격적이어서 강한 인상을 주는 사람이었네. 근육은 활발히 움직이는데 체질은 명백히 쇠약해 보이는 것도 특이했네. 또한 마지막으로 역시 중요한 점인데, 그가 가까이에 있다는 사실만으로도 내게 독특한 불안감이 엄습했네. 내가 느낀 것은 강직증의 초기 증상과도 비슷했고 맥박도 눈에 띄게 떨어졌네. 그때는 그냥 뭔가 독특하고 개인적인 역겨움 때문에 그런 현상이 일어났다고 생각하며 내가 갑자기 그런 증상을 겪는다는 사실에만 놀랐지. 하지만 나중에 내 느낌이 그자의 근본적인 성격과 관련되어 있다는 것, 단순한 혐오감이 아닌 더 숭고한 원칙과 관계 있다는 사실을 알게 되었네.

들어온 순간부터 그렇게 혐오스러운 호기심이라고밖에 묘사할 수 없는 면을 자극한 그가 옷을 입은 모습은 평범한 사람이라면 우스꽝스럽다고 할 만했네. 다시 말해 비록 훌륭하고 고상한 천으로 만들어진 옷을 입고 있었지만 전체적으로 옷이 너무 컸네. 바짓가랑이가 헐렁했고 땅에 닿지 않도록 말아 올려져 있었지. 저고리 허리는 엉덩이 아래로 내려왔고, 옷깃은 어깨에 닿았네. 하지만 이상하게도 이 우스꽝스러운 옷차림을 보고도 웃음이 나오지 않았네. 오히려 내 앞에

선 사람의 본성에 비정상적이고 덜 된, 뭔가 심하게 충격적이고 놀랍고 혐오스러운 면이 있었기 때문에 이 새롭게 발견된 부조화는 그 본성에 잘 들어맞고 그것을 강화하는 것처럼 보였네. 그래서 나는 그 사람의 본성과 성격뿐 아니라 그의 집안과 삶과 재산과 지위에 대해서도 호기심이 생겼지.

이런 관찰들은 적는 데 많은 지면이 할애되기는 했지만 실제로는 몇 초에 지나지 않았지. 내 손님은 실제로 침울하면서도 흥분한 상태였네.

"그것을 가지고 있습니까?" 그가 외쳤지. "가지고 있지요?" 워낙 심한 조바심을 느끼고 있어서인지 내 팔을 잡고 나를 흔들려 했네.

그의 손에서 얼음장 같은 통증이 내 피로 실려 오는 것이 느껴졌지. 나는 그를 밀쳤네. "이것 보시오." 내가 말했어. "아직 자기 소개도 안 했다는 사실을 잊으셨나 봅니다. 원하신다면 앉으시오." 그러고 나서 나는 본을 보이려 평소 내 자리로 가서 앉았네. 밤이 깊은 데다 묘한 일이 벌어지던 참이어서 내 방문객에 대해 공포감이 들기도 했지만, 나는 가능한 한 평소 환자

대하는 것과 비슷한 태도로 그를 대하려 했네.

"죄송합니다, 래년 박사." 그가 공손하게 대답했네. "무척 옳은 말씀입니다. 제가 조바심 때문에 결례를 범했습니다. 저는 박사님의 동료인 헨리 지킬 박사의 지시로 무척 중요한 임무를 띠고 여기로 왔습니다. 그리고 제가 이해하기로는……." 그가 말을 멈추고 자신의 목에 손을 대었네. 침착한 태도에도 불구하고 그가 히스테리 발작을 간신히 억누르고 있다는 사실을 알 수 있었지. "제가 이해하기로는, 서랍……."

하지만 나는 그 순간 그의 조바심이 불쌍하기도 했고, 아마 나 또한 점점 더 호기심이 생겼다고 해야 옳을 것 같네.

"여기 있습니다." 내가 서랍을 가리키며 말했지. 그것은 여전히 보자기에 싸인 채 탁자 옆 마룻바닥에 놓여 있었어.

그는 재빨리 다가가 멈춰 서더니 가슴에 손을 댔다네. 그의 턱이 떨리고 경련이 나며 이를 가는 소리가 들렸지. 그의 얼굴이 너무나 창백해 그의 목숨과 이성 둘 다 크게 염려되는 순간이었네.

"침착하시오." 내가 말했어.

그가 나를 향해 끔찍한 미소를 짓더니 절망적인 결단의 손길로 단숨에 보자기를 풀었네. 내용물을 보고 그가 얼마나 커다란 안도의 울음을 터뜨리던지, 나는 앉은 자리에서 굳어 버렸네. 다음 순간 그가 꽤 침착을 되찾은 목소리로 "눈금이 그어진 병이 있습니까?"라고 물었네. 나는 좀 힘들게 일어나 그가 원하는 것을 건네주었지.

그는 미소 띤 얼굴로 고개를 끄덕이며 감사를 표하고 병으로 잰 미량의 붉은 액체에 분말 한 포를 더했네. 그 혼합물은 처음에는 붉은 기가 돌다 결정체가 녹으며 색깔이 밝아졌어. 그러더니 부글부글 소리를 내며 거품이 나더니 작은 양의 기체가 발생했지. 그 순간 갑자기 비등이 멈추더니 그 혼합물이 짙은 보라색으로 변했다가, 이번에는 서서히 물 같은 초록색으로 변했어. 내 방문객은 이 변형의 과정을 유심히 지켜보다 회심의 미소를 짓더니 그 유리병을 탁자 위에 놓고 몸을 돌려 나를 자세히 바라보았네.

"이제," 그가 말했어. "남은 일을 처리해야겠습니

다. 현명하게 행동하시겠습니까? 제 말을 들어 주시겠습니까? 제가 더 이상 아무 말 없이 이 병을 들고 댁에서 나가도록 허락해 주시겠습니까? 아니면 호기심의 탐욕을 억누르기 어려우십니까? 잘 생각해 보시고 대답해 주십시오. 저는 원하시는 대로 하겠습니다. 당신의 결정에 따라 달라지는 일은 없을 것입니다. 더 부자가 되는 것도 가난해지는 것도 아닙니다. 끔찍한 곤경에 처한 사람을 위해 선행을 베풀었다는 기분이 일종의 영혼의 재산이 된다는 점을 제외한다면 말이죠. 아니면, 만일 원하신다면 새로운 지식의 영역과 명성과 권력의 새 길이 열릴 수도 있습니다. 바로 이 방에서, 당장 이 순간에 말입니다. 그리고 당신의 시야는 사탄의 불신도 물리칠 수 있는 경이를 향해 열릴 것입니다."

"선생." 내가 속마음을 감추고 냉정을 가장하며 말했네. "수수께끼 같은 말씀을 하시는군요. 당신의 말을 듣고 있기는 하지만 그리 신뢰가 가지 않는군요. 아마 놀라운 일은 아닐 것입니다. 그러나 불가해한 봉사를 이만큼 했으니 끝을 안 보기는 힘들 것 같소."

"그렇다면 좋네." 내 방문객이 대답했네. "래년, 자네는 스스로 한 히포크라테스의 선서를 기억하고 있겠지. 이제 자네가 목격할 일은 우리의 직업적 선서 아래 일어나는 것임을 잊지 말게. 자, 이제, 그렇게 오랫동안 너무나 편협하고 물질적인 견해에 묶여 있던 자네, 초절적인 의학의 미덕을 부인해 온 자네, 자네보다 우월한 사람들을 조롱하던 자네, 이것을 보게!"

그가 병을 입에 대고 단숨에 그 내용물을 마셨네. 비명이 뒤따랐지. 그의 몸이 휘청거리며 비틀댔고, 그는 탁자를 꼭 붙잡은 채 충혈된 눈으로 앞을 노려보면서 입을 벌린 채 가쁜 숨을 쉬었어. 그리고 내가 계속 지켜보는 가운데 모습에 변화가 생기는 것처럼 보이더군. 몸이 부풀어 오르는 것 같았네. 얼굴빛이 갑자기 짙어지고, 이목구비가 녹으며 변화하는 듯하더군. 그리고 다음 순간, 나는 너무 놀란 나머지 벌떡 일어나다 벽에 부딪혀 나자빠졌네. 그 놀라운 장면으로부터 스스로를 보호하기 위해 팔로 내 몸을 감쌌는데, 내 정신은 공포에 사로잡혔지.

"오 신이여!" 나도 모르게 비명을 질렀네. 그리고

같은 말을 반복했지. 내 눈앞에 창백한 얼굴로 휘청거리며 서 있던 사람, 반쯤 기절한 채 죽었다가 살아나는 것처럼 손으로 앞을 더듬으며 서 있던 사람이 바로 헨리 지킬이었으니까!

    내게는 그가 그다음에 말해 준 것들을 다 여기 적을 만한 기운이 없네. 그날 보고 들은 것 때문에 영혼으로부터 구역질이 나는 기분이었네. 그리고 그 광경이 희미하게밖에 보이지 않는 지금, 나는 스스로에게 아직도 그 일이 진짜로 일어났다고 믿느냐고 묻네. 나는 그 질문에 대답할 수 없네. 내 삶은 뿌리째 흔들렸어. 잠이 나를 떠났네. 치명적인 최악의 공포가 밤낮으로 내 곁을 떠나지 않았네. 나는 내가 곧 죽는다는 사실을 알고 있네. 그리고 죽어야 한다는 것도. 하지만 죽는 날까지 그 일에 대해 믿기 힘들 것 같네. 그 인간이 내게 보여 준 도덕적 타락, 참회의 눈물까지 섞어 보여 준 도덕적 타락으로 말하자면, 나는 그것을 기억할 때조차 공포에 질려 흠칫 놀라지 않을 수 없네. 한 가지만 말하겠네, 어터슨. 그리고 (자네가 그것을 믿을 수만 있다면) 그 말 이상으로 들을 것은 없을 것이네.

내 집으로 기어들어 왔던 그자는 지킬 자신의 고백에 따르면 하이드라는 이름으로 알려진 자, 커루의 살인자로 이 땅 구석구석에 수배되어 있었던 자였네.

헤이스티 래년

사건 전모에 대한 헨리 지킬의 진술

나는 18xx년에 유복한 집안의 아들로 태어났네. 건장하고 부지런한 성격인 데다 현명하고 선한 동료 인간들과 서로 존중하는 관계를 좋아했네. 그래서 짐작할 수 있듯이 명예롭고 훌륭한 미래가 보장된 사람이었네. 실제로 내 최악의 결점은 경박하고 참을성 없는 성격이었는데, 다른 많은 사람들은 그런 성격 때문에 행복한 편이었지. 하지만 내 경우는 고개를 떳떳이 들고 싶다는 욕망, 대중 앞에 섰을 때 남달리 진중한 표정을 짓고 싶다는 오만한 욕망과 경박한 성향을 절충하기 어려웠어. 그래서 내 쾌락을 감추게 되었고, 성숙한 연령에 이르러 주변을 둘러보고 내 상승한 지

위를 생각해 볼 즈음에는 이미 심각하게 이중적인 삶을 살고 있는 상태였네. 다른 사람들 같으면 내가 저지른 정도의 실수는 널리 광고할 만한 것들이지. 하지만 나는 스스로를 고결한 사람으로 만든 다음, 내 오류들을 거의 병적인 수치심으로 바라보고 감추었네. 인간의 성격은 보통 선과 악의 영역이 분리되어 있어 복잡하지. 그런데 나를 이중적인 사람으로 만든 것은, 즉 내 내부에서 다른 대부분의 사람들보다 선과 악의 영역 사이에 더 깊은 골이 파인 것은 내 실수가 특히 더 악질이어서가 아니라 내 소망이 엄격해서였네. 그 소망 때문에 나는 종교의 뿌리에 놓여 있는 엄격한 원칙, 고통의 가장 풍부한 원천 중 하나인 엄격한 원칙에 대해 만성적으로 깊이 성찰하게 되었지. 그렇게 심각하게 이중적인 인간이기는 했지만 나를 위선자라 부를 수는 없었네. 내 양면은 둘 다 아주 진지했기 때문이지. 나는 절제를 벗어던지고 수치스러운 일에 덤벼들 때나, 밝은 대낮에 지식의 향상이나 슬픔과 고통의 경감을 위해 열심히 일할 때 모두 나 자신에게 충실했거든. 그러다 신비한 것, 초월적인 것으로 향하던 과학적 탐구 중 우연히 내 신체 기관들에서 벌어지던, 선과 악 사이의 영원한 전쟁을 특징으로 하는 의식을 연구하고 그것을 더욱 잘 이해하게 되었지. 나는 매일매일 내 지성의 양면, 즉 도덕적인 면과 지적인 면에 대한 진실에 조금씩 더 다가갔네. 그런데 결국은 그 진실의 일부만 발견함으로써 무척 끔찍한 난파에 이를 운명이었지. 그 진실이란 인간은 참으로 하나가 아니고 둘이라는 사실이었네. 내가 둘이라 말하는 것은 내 지식이 도달한 지점이 거기이기 때문이지. 다른 연구자들이 내 뒤를 이을 것이고, 그들이 이 주제에 대한 연구에서 나를 앞지르겠지. 그렇게 되면 인간이란 궁극적으로 각양각색의 조화롭지 않고 독립적인 시민들이 모인 정치체로 밝혀지게 될 거라고 감히 추측하네. 나는 내 인생의 성격상 그중 한 가지 방향으로, 그리고 단 한 가지 방향으로만 절대적이고 확실하게 진전해 왔네. 나는 내 성격에 비추어, 도덕적인 면에서 인간 속에 철저하고 원초적인 이중성이 있다고 인정하게 되었지. 나는 내 양심의 영역 안에서 다투던 두 성격 중 어느 한쪽이 나라 말할 수 있다 해도 그것은 단지 내가 근본적으로는 둘 다이기 때문이라는 사실을 알게 되었네. 그런데 내게는 일찍이, 즉 과학적 연구 과정에서 그러한 기적의 가능성을 분명히 깨닫기도 전에 그 두 요소의 분리를 일종의 유쾌한 백일몽처럼 생각해 보는 습관이 있었네. 만일 각각 분리된 몸체에 깃들 수만 있다면 참을 수 없는 온갖 고통이 없는 삶이 우리에게 가능할 것이라고 생각했지. 불의한 것은 그것대로 정의로운 쌍둥이의 소망과 후회에서 해방되어 제 길을 갈 것이고, 정의로운 쪽은 그것대로 선행을 즐기며 더 이상 그 이질적인 불의의 손에 수치당하고 후회할 위험 없이 정직한 길을 꾸준하고 안정적으로 갈 것이라 생각했지. 이 양립하기 힘든 것들이 함께 묶여 있다는 사실이, 즉 이 극과 극의 쌍둥이가 고통스러운 의식의 자궁 속에서 계속 갈등해야 한다는 것이 우리 인류의 저주였으니까. 그렇다면 어떻게 그들을 분리할 수 있을까?

앞서 말했듯 내가 이런 생각을 진전시킬 즈음 비스듬한 빛이 실험실 탁자 위에 놓인 물체 위로 비치기 시작했네. 그래서 나는 옷을 입고 걸어 다니는 우리 육체, 무척 견고해 보이는 우리 육체의 진동성과 비물리성, 안개 같은 무상함을 더 깊이 더 근본적으로 느끼기 시작했네. 그리고 바람이 정자의 커튼을 움직이듯 육체를 뒤흔들어 우리 육체를 원래 구성 요소로 환원시키는 힘을 가진 매개물들이 있다는 사실을 발견했네. 나는 내 고백에 대해 과학적으로 깊이 설명하지는 않으려 하네. 거기에는 두 가지 정당한 이유가 있네. 우선 내가 그사이 우리는 우리의 운명과 짐을 영원히 질 수밖에 없다는 사실을 어쩔 수 없이 배우게 되었기 때문이네. 그동안 경험을 통해 나는 우리가 그 짐을 던져 버리려 하면 할수록 그것이 더욱 낯설고 끔찍한 힘으로 우리에게 되돌아온다는 사실을 배울 수밖에 없었네. 그리고 내 발견이 불완전하기 때문이네. 그것은 이 나의 이야기가 안타깝게도(!) 너무나 명백하게 보여 주게 될 점일세. 그러므로 단지 다음 두 가지 사실에 대해 말하는 것으로 충분하네. 우선 나는 내 육체가 내 영혼을 구성하고 있는 일부 권능들의 단순한 기운과 광휘일 뿐임을 알게 되었네. 또한 나는 이런 권능들을 그 권좌에서 몰아내는 대신, 제2의 형태와 표정으로 — 그것들은 내 영혼 내부 저열한 요소들의 표정과 특징을 가지고 있기에 역시 자연스러운 것이었지 — 대치할 수 있는 약을 만들어 냈네.

    나는 이 이론을 실제에 적용하는 실험을 할까 말까 한참 망설였네. 그런 실험을 하다 죽을 수도 있다는 사실을 잘 인지하고 있었지. 어떤 사람의 정체성의 요새를 그렇게 강력하게 재조정하고 흔들 힘을 가진 약, 그 약을 조금이라도 지나치게 쓸 경우 내가 그 약의 사용을 통해 변화시키려는 저 비실체적 신전, 즉 우리 자신을 전적으로 말살시킬 수도 있으리라는 것을 알고 있었네. 혹은 적어도 변화가 일어나는 순간에 불의의 사고가 생겨서 그런 결과가 초래될 수도 있었지. 하지만 특별하고 심오한 발견을 할 수도 있다는 유혹이 마침내 경고의 암시를 이겨 냈네. 나는 그 약물을 미리 준비해 오래 가지고 있었지. 그래서 결심한 즉시 약제 도매상으로부터 내 연구를 통해 마지막으로 필요한 성분이라 파악한 특정한 분말을 다량 구입했지. 그리고 어느 저주받은 날 밤늦게 그 성분들을 혼합했고, 유리병 안에서 그 성분들이 함께 끓고 증기로 화하는 모습을 지켜보았네. 그리고 비등이 그쳤을 때 큰 용기를 내 그 약물을 단숨에 마셔 버렸지.

지독한 고통이 뒤따랐네. 뼈가 욱신거리고 끔찍한 구역질이 나며, 태어나는 순간에도 죽는 순간에도 그보다 더할 수 없는 영혼의 공포에 사로잡혔네. 이윽고 고통이 신속하게 사라지기 시작했고, 마치 큰 병을 앓고 난 뒤처럼 정신이 맑아졌네. 뭔가 신기한 느낌이 나를 찾아왔네. 그 새로움을 묘사하기는 불가능했고, 그 새로움으로 인해 믿을 수 없을 만큼 달콤한 느낌이 찾아왔지. 내 육체가 더 젊고 가볍고 행복하게 느껴졌네. 내 내부에서는 무모함, 공상 속에서 도는 물레방아처럼 무질서하게 돌던 감각적 이미지들의 조류, 의무감이라는 질곡에서의 해방감, 미지의, 그러나 순수하지 않은 자유로운 영혼이 느껴졌네. 이 새로운 삶의 첫 숨을 들이켜던 순간부터 나는 나 자신이 훨씬 더 사악한 존재, 열 배는 더 사악한 인간이 되었다는 사실을, 원죄에 속박된 노예가 되었다는 사실을 알 수 있었지. 그런데 그 순간에는 그 깨달음 덕분에 포도주라도 마신 것처럼 기운이 나고 기뻤네. 그 같은 감각을 느끼며

희열에 차 손을 내밀었지. 그러다 갑자기 내 키가 작아졌다는 사실을 깨달았네.

그때 내 방에는 아직 거울이 없었네. 내가 이 글을 쓰는 동안 내 곁에 서 있는 거울은 나중에, 이런 변신의 순간을 위해 가져다 놓은 것이지. 하지만 그사이 밤은 아침으로 바뀌어 있었네. 아직 어둡기는 했지만 낮이 오기 직전, 무르익은 새벽이었지. 집 안 식구들은 아직 깊은 잠에 빠져 있었네. 그래서 나는 희망에 차, 그리고 의기양양한 기분으로 새 모습을 하고 내 방으로 가는 모험을 감행하기로 결심했네. 마당을 가로지르는데, 별자리들이 경이에 차 나를 내려다보고 있는 듯했네. 나는 불면증으로 잠들지 못하는 그들의 눈앞에 드러난, 그런 종류의 최초의 인간이었지. 내 집에서 이방인이 된 나는 살금살금 복도를 지나 내 방으로 들어가 최초로 에드워드 하이드의 모습을 보았네.

내가 지금 말하는 것은 이론적인 것이네. 즉 내가 확실하게 아는 것이 아니라 가장 그럴듯한 것이라 짐작하는 것이네. 내가 이제 육체의 형태를 갖추게 된, 내 성격의 악한 면은 내가 버린 선한 면에 비해 덜 건

장하고 덜 발달되어 있었네. 다시 말하지만, 내가 결국 90퍼센트 정도는 노력과 미덕과 절제의 삶을 살아왔기 때문에 내 악한 면은 내가 살아오는 동안 훨씬 덜 활용되고 덜 조달되었지. 그렇기 때문에 에드워드 하이드는 헨리 지킬에 비해 작고 가늘고 젊었던 것 같네. 지킬의 용모에서 선함이 빛나던 만큼이나 하이드의 얼굴에는 분명하게 큰 글씨로 사악함이라 적혀 있었지. 더욱이 악은 (나는 아직도 악이란 치명적인 것이라고 믿을 수밖에 없는데) 신체에 불구와 쇠퇴의 흔적을 남겼네. 그러나 그 추악한 우상의 모습이 거울 속에 비친 것을 본 나는 혐오감보다 일종의 반가움이 왈칵 치밀었네. 그 또한 나 자신이었으니까. 그가 자연스럽고 인간적으로 느껴졌어. 내 눈에는 영혼의 이미지 중 그쪽이 더 활발해 보였고, 이제껏 내 것이라 생각했던 불완전한 반쪽 표정보다 그쪽이 더 분명하고 확실해 보였지. 그 점에 대해서는 내 생각이 분명히 옳았네. 내가 에드워드 하이드의 모습을 띨 때 내 가까이에 온 사람들은 누구나 즉각적인 신체 반응을 통해 염려를 표현할 수밖에 없다는 사실을 관찰할 수 있었으니까. 내 생각에 그 이유는 우리가 만나는 모든 인간은 선과 악의 혼합물이기 때문인 듯했네. 반면 에드워드 하이드는 순수한 악의 화신인 유일한 인간이었지.

나는 거울 앞에서 시간을 오래 끌지 않았네. 제2의 결론적인 실험을 또 해야 했으니까. 만일 내가 내 이전의 정체성을 회복할 수 없다면 더 이상 내 집일 수 없는 그곳에서 날이 밝기 전에 빨리 도망쳐야 했어. 그래서 서둘러 사실로 돌아가 다시 한번 약물을 준비해 마시고 용해의 고통을 맛보았네. 정신이 들었을 때는 헨리 지킬의 성격과 육체와 얼굴로 돌아와 있었지.

그날 밤 나는 치명적인 갈림길에 도달했네. 내가 내 발견을 더욱 숭고한 정신으로 접근했더라면, 내가 자비롭고 경건한 희망의 제국에서 그 실험을 시도했다면 모든 것은 달리 진행되었겠지. 그리고 나는 그 생사의 고통을 통해 괴물이 아닌 천사로 태어났겠지. 그 약물의 작용은 선악을 구별하는 것은 아니었어. 악마적이지도 신성하지도 않았지. 그것은 다만 내 기질이라는 감옥의 문을 흔들었어. 그러자 그 안에 있던 것들이 빌립보[필리피] 감옥의 포로들처럼 밖으로 뛰쳐나온 거야.* 그 시간에 내 미덕은 잠든 반면 내 악한 면은 야망에 차 깨어 있다 재빨리 기회를 잡았지. 뛰쳐나온 것은 에드워드 하이드였어. 그러므로 이제 나는 외모뿐 아니라 성격도 두 가지였어. 하지만 그중 하나는 전적으로 사악했고, 다른 하나는 여전히 똑같은 헨리 지킬, 즉 이미 개선과 교정을 포기한 저 부조화스러운 혼합물이었지. 그래서 저울추는 악한 쪽으로 더욱 기울게 되었지.

그 시기조차 나는 아직 건조한 연구 생활에 대한 싫증을 극복하지 못했네. 여전히 가끔 쾌락을 찾았고, 내 오락이 (적어도) 그다지 위엄 있는 것은 못 되었기에, 그리고 내가 존경받는 저명인사인 데다 노인에 가까워지고 있었기에 내 삶의 이 모순적인 면은 나날이 더욱 견디기 힘들어졌지. 내가 새로 획득한 능력이 나를 노예로 삼을 만큼 유혹할 수 있었던 것은 그 때문이

---

* 현재 그리스 도시인 필리피는 고대 로마제국의 식민지였다. 「사도행전」 16장에 따르면, 전도 여행을 하던 사도 바울로가 필리피에서 점치는 여인을 도와주었다가 누명을 쓰고 감옥에 갇힌 적이 있는데, 한밤중에 지진이 나서 감옥 문들이 열리고 수갑들이 풀리는 바람에 모든 죄수들이 도망가고 바울로 일행만 간수가 난처해지지 않도록 감옥에 남은 적이 있다.

었네. 나는 약을 한 컵 마시기만 하면 즉시 저명 교수의 육체를 벗어 버리고 하이드의 육체를 두터운 외투처럼 걸칠 수 있었어. 그 생각을 하면 미소가 절로 나왔네. 당시는 그것이 재미있는 일로 여겨졌네. 그래서 무척 세심한 주의를 기울여 채비를 했네. 소호의 그 집을 구해 가구를 들여놓았지. 경찰이 하이드를 추적해서 찾은 곳 말일세. 또 입이 무겁고 파렴치한 인물이라는 것을 잘 알고 있는 인물을 가사장으로 고용했네. 그리고 내 하인들에게는 하이드 씨라는 분이 (그 모습을 묘사해 준 뒤) 내 집에서 마음대로 행동해도 좋다고 일러 두었지. 또 불운의 사고를 피하기 위해 제2의 내 모습으로 우리 집을 방문해 그를 우리 집에서 낯익은 존재로 만들었지. 그다음에는 자네가 그렇게 반대했던 유언장을 만들었네. 만일 지킬 박사의 신변에 무슨 일이 생기면 에드워드 하이드가 그의 재산을 승계하도록 조처했지. 내가 생각할 수 있는 모든 면에서 단단히 준비를 한 뒤, 나는 내 상태 덕분에 가능한 기묘한 면책성의 이득을 누리기 시작했네.

사람들은 일찍이 자신의 신변과 명예를 보호한

상태로 범죄를 저지르기 위해 살인 청부업자들을 고용해 왔네. 나는 단순히 오락을 위해 그런 일을 한 최초의 인물이라 할 수 있지. 아주 점잖게 대중 앞을 터벅터벅 걷다 순식간에 그런 겉모습을 철부지 학생처럼 내던지고 자유의 바다로 뛰어들 수 있는 최초의 인물이었지. 불투명한 망또 안에서 완벽한 안전을 누린 것이네. 생각해 보게. 나는 존재조차 하지 않는 인물이었다는 사실을! 실험실 문안으로만 도망쳐서 내가 항상 준비해 놓은, 만드는 데 일이 초가 걸리는 약을 만들어 마시기만 하면 에드워드 하이드가 무슨 일을 저질렀든 거울 위 숨결처럼 그냥 사라져 버렸네. 대신 그 자리에 헨리 지킬이 있지. 조용히 자기 집 서재에서 한밤의 등잔불 심지를 자르는 인물, 어떤 의심도 웃어넘길 수 있는 인물인 헨리 지킬 말일세.

    내가 그렇게 위장한 채 구하려 서두른 쾌락은 이미 말했듯 품위 없는 종류의 것이었고 그 이상은 아니었네. 하지만 그 쾌락은 하이드의 손아귀에서 곧 끔찍한 것으로 변해 버렸네. 그 같은 외출에서 돌아온 나는 종종 내가 저지른 대리 부패에 대해 일종의 경이감이 들었네. 내가 내 영혼 안에서 불러내 쾌락을 추구하라고 보낸 이 낯익은 존재는 본질적으로 악의적이고 사악했네. 그의 행위와 사고는 모두 자신을 중심에 두었지. 다른 사람에게 어떤 고통을 주든 거기서 짐승처럼 게걸스러운 쾌락을 느꼈고, 타인의 고통에 대해 돌부처처럼 무감각했네. 헨리 지킬은 때때로 에드워드 하이드의 행동에 대해 대경실색했네. 그러나 상황은 일상적인 원칙과는 거리가 멀었고, 나도 모르는 사이 양심의 범위를 벗어나 있었네. 결국 죄인은 하이드이며, 하이드만 죄인이었으니까. 지킬은 더 나쁜 인간이 되지는 않았네. 하이드가 지킬이 되어 깨어나면 그의 미덕은 전혀 손상되지 않은 상태였네. 가능한 경우에는 하이드가 저지른 악행의 효과를 중화시키기 위해 서두르기까지 했지. 그렇게 해서 내 양심을 잠재웠네.

내가 그렇게 외면한 (지금까지도 내가 직접 그 일들을 저질렀다고 인정하기는 힘드네.) 수치스러운 일들에 대해 여기서 자세히 이야기할 생각은 없네. 결국 벌을 받게 될 거라는 경고들을 인지했다는 사실, 그것이 차근차근 단계를 밟아 다가왔다는 사실, 그리고 그 단계들이 어떤 것인지를 지적하는 데 그치기로 하겠네. 한 사건이 일어났는데, 특별한 결과가 파생되지 않았기 때문에 그냥 언급만 하겠네. 한 어린아이에 대한 하이드의 잔인한 행동이 지나가던 행인의 분노를 불러일으킨 사건이었지. 그가 자네의 친구임은 며칠 전 알게 되었네. 그 자리에 불려 온 의사와 아이의 가족도 그의 분노에 가세했지. 순간적으로 내 목숨이 위태롭다는 느낌이 들기도 했네. 그래서 에드워드 하이드는 그들의 너무도 정당한 분개심을 달래기 위해 그들을 이 집 문 앞까지 데리고 와 헨리 지킬의 이름으로 수표를 써 주어야 했네. 그러나 이 위기 상황은 이후 에드워드 하이드 자신의 이름으로 다른 은행에 구좌를 개설해 쉽게 제거되었네. 그리고 글씨를 쓸 때 오른쪽 대신 왼쪽을 높이 올려 내 분신의 서체와 서명도 만들었네. 그럼으로써 나는 내가 운명의 손이 미치지 않는 곳에 있다고 생각했네.

댄버스 경의 살인 사건이 발생하기 약 두 달 전 나는 또다시 모험을 찾아 외출했고 늦게 귀가했는데, 다음 날 아침에 깨어나는 기분이 묘했네. 주변을 둘러

봐도 마찬가지였네. 우리 집의 천장이 높은 내 방, 그 안의 멋진 가구들을 살펴봐도 뭔가 이상했네. 침대 커튼의 무늬와 마호가니 틀의 무늬는 그대로였는데 역시 기분이 이상했어. 무언가가 계속해서 나는 그곳에 있지 않다고, 그곳에서 깨어난 것이 아니라고, 내가 에드워드 하이드가 되어 자는 장소인 소호의 작은 방에 있다고 강요하고 있었어. 나는 그런 자신에 대해 미소 짓고 가끔 편안히 졸기도 하며, 그 같은 환상을 구성하는 요소들이 무얼까 한가로이 심리 분석을 하고 있었네. 조금 더 정신이 난 뒤에도 역시 같은 생각을 하고 있었는데, 그러다 우연히 내 손에 눈길이 닿았지. 헨리 지킬의 손은 (자네도 종종 주목했듯) 크기와 모양에 전문가다운 면이 있었지. 크고 단단하며 하얗고 멋있는 손이었으니까. 그런데 그때 내 눈에 띈 손은 런던 아침의 누런 빛 속에서 반쯤 잠옷에 가려진 데다 마르고 힘줄이 보이는 한편 뼈가 튀어나와 있었네. 그뿐만 아니라 틀림없이 창백하고 뿌연 손, 거무잡잡한 털이 숭숭나 그늘이 진 손이었네. 그것은 에드워드 하이드의 손이었네.

나는 너무 놀란 나머지 30초쯤 멍하니 그 손을 내려다보았네. 그러다 심벌즈가 쾅 울리는 것처럼 공포심이 와락 엄습했네. 그래서 침대에서 용수철처럼 튀어 일어나 재빨리 거울을 향해 달려갔지. 거울에 비친 모습을 보고 내 피는 순식간에 희석된 채 차갑게 식었네. 그렇네, 나는 자러 갈 때는 헨리 지킬이었는데 깨어나 보니 에드워드 하이드였던 것이네. 이 사태를 대체 어떻게 설명할 수 있을까? 나는 자문해 보았네. 이어 다시 공포에 사로잡힌 채 이 사태를 어떻게 수습해야 할지 생각해 보았네. 내 약품은 모두 실험실에 딸린 내 방 벽장에 있었네. 그곳까지 가기 위해서는 계단을 두 층 내려가 뒤 통로를 통과하고 탁 트인 마당을 지나 해부실을 통과해야 했지. 그 생각을 하니 공포심이 와락 들어 꼼짝도 할 수 없었네. 얼굴을 가릴 수는 있어도 체격을 감추지는 못할 것이므로 얼굴을 가려 보았자 무슨 소용이 있을까? 그러다 하인들이 내 제2의 분신이 오가는 일에 이미 익숙하다는 사실이 기억나며 달콤한 안도감이 들었네. 나는 곧 최선을 다해 커다란 내 옷을 입고 집을 통과했지. 브래드쇼가 하이드 씨가 그런 시간에 그렇게 기묘한 옷차림을 하고 나타난 것을 보고 움찔 놀라 나를 빤히 쳐다보았네. 그런 뒤 10분 후 나는 다시 지킬 박사가 되어 식탁에 앉아 어두운 표정으로 조반을 먹는 시늉을 했네.

나는 정말이지 식욕이 별로 없었네. 이 설명하기 힘든 사건, 내 이전 경험과는 전혀 다른 이 사건은 바빌론 벽의 손가락처럼* 나에 대한 심판을 적고 있는 것 같았지. 그래서 나는 전보다 더욱 진지하게 내 이중적 존재의 문제점들과 가능성들에 대해 생각해 보기 시작했네. 나의 분신은 최근 단련도 되고 살도 찐 것 같았어. 최근 들어 에드워드 하이드의 신체가 커진 듯한 느낌이 들기도 했지. 그리고 (내가 하이드로 변신했을 때) 피도 전보다 더 많이 흐르는 것 같았어. 그리하여 나는 만일 이 상황이 지속되면 내 성격의 균형이 영

---

* 「다니엘서」 5장에 따르면, 바빌로니아제국의 왕 벨사자르(벨사살)가 귀한 손님 천 명을 불러 왕궁에서 큰 잔치를 벌이느라 흥청망청하던 중에 "갑자기 사람의 손이 나타나 촛대 맞은편 석고 벽 위에 글을 쓰고 있었는데" 이것을 본 벨사자르의 얼굴이 하얗게 질렸다. 예언자 다니엘이 불려와 해석하게 되는데, 하나님 앞에서 겸손치 못한 벨사자르의 왕위가 끊어지고 나라가 페르시아에게 넘어갈 것이라는 내용이었다.

구히 전복될 위험성이 있다는 것, 자발적인 변화의 능력이 없어지고 내 성격이 돌이킬 수 없이 에드워드 하이드의 성격으로 굳어질 위험성이 있다는 사실을 깨닫기 시작했네. 약의 효험이 나타나는 정도는 늘 동일하지 않았어. 초기에 약이 한 번 안 든 적이 있었지. 그런 뒤 양을 두 배로 늘려야 하는 경우가 여러 번 있었고, 한 번은 죽을지도 모르는 위험을 무릅쓰고 약의 양을 세 배로 늘리기까지 했네. 여태까지는 이런 예외들이 드물게 나타난다는 사실이 내 만족감에 그림자를 드리우는 유일한 요인이었네. 하지만 그날 아침의 사건을 겪고 난 뒤에는, 초기에는 지킬의 몸을 버리는 것이 어려웠다면, 이제는 점차 확실하게 그 역이 성립하고 있다는 사실에 주목하지 않을 수 없었지. 모든 현상들은 다음과 같은 결론을 불가피하게 끌어냈어. 즉 내가 원래의 선한 나를 서서히 잃어가고 있으며, 제2의 나, 열등한 나로 화하는 중이라는 것 말일세.

나는 이제 이 두 가지 나 중에서 하나를 선택해야 하는 지점에 도달한 듯했네. 나의 두 성격은 공통의 기억을 가지고 있지만, 다른 면에서는 그들 사이가 불공

평했네. 복합적인 성격의 지킬은 때로는 무척 두려워하고, 때로는 게걸스럽게 하이드의 쾌락과 모험에 자신을 투사하고 그것을 공유했지. 그러나 하이드는 지킬에 대해 관심이 없었네. 혹은 지킬에 대한 하이드의 기억은 산적이 추적을 피해 몸을 숨긴 동굴에 대한 기억 이상이 아니었네. 하이드에 대한 지킬의 관심은 자식에 대한 아버지의 관심 이상이었네. 지킬에 대한 하이드의 무관심은 아버지에 대한 아들의 무관심 이상이었고. 내가 지킬과 운명을 함께한다는 것은 오랫동안 몰래 즐겨 왔고, 최근에는 내놓고 용인하던 흥미를 전부 포기해야 한다는 것을 의미했네. 반면 하이드와 운명을 같이한다면 수천 가지 흥미와 희망을 포기하고 단번에, 그리고 영원히 타인들의 경멸의 대상이 되고 친구를 잃는 선택이 될 것이었지. 이렇게 비교해 볼 때 저울 양쪽의 무게가 동일하다고 할 수는 없을 것 같았네. 그러나 이 저울질에는 또 다른 고려 사항도 있었네. 지킬은 금욕을 하게 되면 무척 괴로울 테지만, 하이드는 자신이 잃은 것에 대해 의식도 하지 않을 거라는 사실이었네. 이런 내 상황은 특이하긴 했지만 이 같은 논쟁과 저울질의 조건들은 인간만큼이나 오래되고 평범한 것들이기도 하지. 거의 동일한 유혹과 경고가 벌벌 떨면서도 유혹을 떨치지 못하는 죄인들에게 계속 주어져 왔네. 나 역시 많은 동료 인간들처럼 선한 쪽을 택했지만 그것을 지속시킬 힘은 부족했네.

그렇네, 나는 결핍감을 느끼더라도 친구들에 둘러싸인 채 정직한 희망을 간직한 노박사의 삶을 선택했네. 그리고 하이드라는 외피 속에서 즐겼던 자유와 상대적인 젊음, 경쾌한 발걸음, 뛰는 맥박과 비밀스러운 쾌락에 단호하게 작별을 고했지. 하지만 이런 선택을 하는 순간에도 아마 스스로 의식하지는 못했지만 주저하는 마음이 있었던 것 같네. 왜냐하면 그러면서도 소호의 집을 포기하지도 하이드의 옷을 없애 버리지도 않았으니까. 그의 옷들은 여전히 내 방에 준비되어 있었어. 하지만 두 달 동안은 내 결심에 충실한 생활을 했네. 그전에는 불가능했던 수준의 엄격한 생활을 했고, 그에 대해 자부심을 느끼는 것으로 양심의 보상을 삼았네. 그러나 시간이 흐르자 처음의 두려움이 점차 무뎌졌지. 양심의 칭찬도 당연한 것이 되었네. 자유를 추구하며 괴로워하는 하이드처럼 갈망과 고통으로 괴로워하기 시작했네. 그러다 마침내, 내 도덕심이 약해진 순간 다시 한 번 그 변신의 약을 지어 마셨네.

술주정뱅이가 자신의 악덕, 즉 술 마시는 일을 스스로에게 정당화할 때 그는 짐승 같은 신체적 무감각 상태로 인해 자신이 처할 위험에 대해 500번 중 한 번도 고려하지 않을 것이네. 나 역시 내 상황을 고려할 때 에드워드 하이드의 주된 특징인 완벽한 도덕적 무감각과 언제라도 아무렇지 않게 악행을 저지를 수 있는 성향에 대해 그리 진지하게 생각하지 않았네. 그러나 나는 바로 그런 면들로 인해 처벌을 받게 되었지. 오랫동안 감옥에 갇혀 있던 내 안의 악마는 으르렁거리며 뛰쳐나왔네. 약을 마실 때 이미 악행을 저지르고 싶은 욕구, 자제심이 전보다 더욱 결여된 광포함을 의식하고 있었지. 그랬기 때문에 불운한 내 희생자의 공손한 인사를 그렇게 뼛속 깊이 못 참아 하며 미치광이처럼 날뛰었던 게 아닌가 싶네. 도덕적으로 제정신인 어떤 인간도 그렇게 사소한 말에 그런 범죄로 대답하지는 않았을 것이네. 그에 대한 내 공격은 아픈 아이가

장난감을 부수는 것과 같은 비이성적인 상태에서 이루어졌지. 그것이 적어도 하느님 앞에서 내가 선언할 수 있는 말이네. 그러나 그 모든 균형의 본능을 제거한 내 행위는 자발적인 것이었네. 우리 중 최악의 사람도 그 균형의 본능 덕분에 유혹을 받더라도 어느 정도 침착하게 저항할 수 있는데. 하지만 나는 아무리 작은 유혹을 받더라도 그 유혹에 굴복할 수밖에 없었네.

변신과 더불어 내 안에서 지옥의 영혼이 일깨워지고 들끓었네. 저항하지 않는 육체를 마구 짓밟으며 쾌락을 느꼈네. 가격하는 매순간 희열을 느꼈지. 그러다 마침내 기운이 빠지며 차가운 공포의 감각이 환각의 절정에 있던 내 심장 한가운데를 꿰뚫고 지나가는 것이 느껴졌네. 안개가 걷힌 것이지. 내가 죽을 수도 있는 상황임을 깨달았네. 그래서 그 극악한 범죄의 현장으로부터 도망쳤지. 의기양양하기도 하고 떨리기도 했으며, 악에 대한 내 욕정은 만족되고 자극된 상태였지. 내 목숨에 대한 집착은 최고조였네. 나는 소호의 집으로 달려가 (확실하고 또 확실하게) 내 서류들을 없애 버렸네. 그런 뒤 가로등이 켜진 길을 여전히 분열

된 황홀경 속에서 계속 내 범죄에 대해 만족해하며 걸어갔네. 가는 동안 가볍게 미래의 다른 범죄를 계획하면서 황급하게, 복수자의 발걸음 소리가 들리나 안 들리나 주의를 기울이며 걸었지. 하이드는 그 약을 지으며 콧노래를 불렀고, 약을 마실 때는 죽은 이를 위해 건배했네. 변신의 고통이 완전히 사라지기도 전에 헨리 지킬은 감사와 회한의 눈물을 흘리며 신 앞에 무릎을 꿇고 두 손 모아 기도를 올렸네. 방종의 베일이 머리끝에서 발끝까지 찢겨져 나갔고, 나는 내 삶을 전부 되짚어 보았네. 어린 시절 아버지 손을 잡고 걷던 때부터 시작해서, 자신을 부정하며 열심히 직업적인 삶에 몰두하던 시절을 거쳐, 다시 똑같은 비현실감과 함께 그날 저녁의 끔찍한, 저주받은 사건에 도달했네. 그 생각을 하니 큰 소리로 비명을 지르고 싶은 심정이었지. 끔찍한 이미지들과 소리들이 내 의지를 무시하고 기억 속으로 몰려들었지만 눈물과 기도로 그것들을 억눌렀네. 하지만 내 사악한 행위의 추악한 얼굴이 나의 애원 사이사이에 계속해서 내 영혼을 들여다보고 있었네. 그러다 이 회한의 강렬함이 점차 누그러지기 시작하더

니, 내 회한은 기쁨으로 변했네. 내 처신의 문제가 이제 해결되었구나. 하이드는 이제 더 이상 존재해서는 안 되게 되었구나. 내 소망과 무관하게 내 존재의 선한 부분에 국한된 삶을 살게 되었구나. 그리고 오, 그 생각을 하며 얼마나 기뻤던지! 내가 얼마나 겸허한 마음으로 장차 자연스러운 삶을 제한해야 하는 상황을 새롭게 받아들였는지! 얼마나 진지하게 그것을 포기하고 그동안 그렇게 자주 드나들었던 문을 잠근 뒤 그 열쇠를 짓밟아 버렸는지!

다음 날 그 살인 사건에 대한 목격자가 있어서 하이드의 죄가 널리 알려졌다는 소식, 그리고 희생자가 저명한 공인이라는 소식이 들려왔네. 그 일은 단순한 범죄가 아니라 비극적인 우행이었지. 나는 그 사실을 알고 차라리 다행이라고 생각했네. 내 선한 충동이 그렇듯 교수대에 대한 공포로 뒷받침되고 보호되어 다행이라 여긴 것이지. 지킬은 이제 나의 피난처였네. 하이드가 잠깐이라도 고개를 내밀면 만인이 그를 잡아다 죽일 테니까.

나는 앞으로의 행동을 통해 과거를 보상하겠다고

결심했네. 그리고 그 결심이 좋은 결과를 조금 가져오기도 했다고 과장 없이 말할 수 있네. 자네도 작년 말에 내가 사람들의 고통을 줄여 주기 위해 열심히 노력했다는 사실을 직접 봐서 알고 있겠지. 다른 사람들을 위해 많은 선행을 베풀었고, 조용히 거의 행복하게 나날을 보냈다는 사실에 대해 직접 알고 있을 것이네. 또한 진심으로 이 은혜롭고 죄 없는 삶에 내가 지쳤다고 말할 수는 없네. 그보다는 나날이 더욱 완벽한 즐거움을 느꼈다고 생각하네. 하지만 내 이중성의 저주는 여전히 나를 떠나지 않았지. 그리고 참회 초기의 예봉이 무뎌지며 나의 저열한 면, 그렇게 오랫동안 용인되다 최근에야 구속된 그 면이 자유를 찾아 으르렁대기 시작했네. 하이드를 다시 부활시키려고 꿈꾼 것은 아니네. 그런 생각만 해도 공포에 질렸으니까. 아닐세, 내 양심을 희롱하려는 유혹을 다시 한번 느낀 것은 나 자신이었네. 그리고 마침내 비밀스러운 생각을 하는 평범한 죄인으로서 유혹의 공격 앞에 굴복했네.

모든 일에는 끝이 있기 마련이지. 마침내 꼭대기까지 가득 차 더는 채울 수 없는 때가 오는 것이지. 그리고 내가 본성의 악한 부분에 잠시 굴복했기 때문에 마침내 내 영혼의 균형이 파괴되었네. 그러나 아직 크게 놀랄 정도는 아니었네. 그 일탈은 자연스러웠네. 그저 변신의 약을 발견하기 이전으로 돌아간 듯했지. 발밑에서는 서리가 녹아 질척댔지만 하늘에는 구름 한 점 없는, 맑고 화창한 1월의 어느 날이었지. 리전트 공원에서는 겨울 새들의 지저귐 소리가 넘쳤고, 봄 기운이 달콤하게 떠돌고 있었네. 나는 공원 벤치에 앉아 햇볕을 즐기고 있었지. 그리고 내 안의 짐승이 기억의 편린들을 핥고 있었는데, 영적인 면은 나중에 참회를 하리라 다짐했지. 하지만 아직 참회를 시작하지는 않고 꾸벅꾸벅 졸고 있었어. 나도 결국 이웃들과 그리 다르지 않다, 그렇게만 생각했네. 그러고 나서 나 자신을 다른 사람들과 비교해 보았네. 내 적극적인 선행과 그들의 방관이 뜻하는 게으른 잔인함을 비교하며 회심의 미소를 지었지. 그런데 그렇게 허영에 찬 생각을 하던 바로 그 순간 양심의 가책이 찾아와서, 끔찍한 구토증과 함께 강한 몸서리가 엄습했네. 그러다가 정신을 잃었는데, 다시 깨어난 뒤에는 현기증이 사라지고 내 생각의 방향이 다시 한번 달라졌네. 나는 훨씬 더 대담해졌고, 위험이 별것 아닌 것처럼 느껴졌으며, 의무의 속박을 느끼지 않게 되었네. 그때 아래를 내려다보니 내 옷이 줄어든 팔다리 위에 흐물흐물 늘어져 있는 것이 보였네. 내 무릎에 놓인 손에서는 힘줄이 드러나 있었고 털이 부숭숭했지. 다시 한 번 에드워드 하이드로 변신한 것이었네. 방금 전까지만 해도 모든 사람들의 존경이 보장된 유복하고 사랑받는 사람이었고 집 식당에 나를 위해 식탁보가 깔려 있었는데 이제 모든 사람들이 찾는 떠돌이 수배자, 악명 높은 살인자, 교수대에 매달릴 사람이 되어 있었던 것이네.

내 이성이 동요했지. 하지만 완전히 빠져나간 것은 아니었네. 내 제2의 몸 안에서 내 기능은 더 날카로워지고, 정신은 더 긴장되고 탄력적이었네. 그래서 아마도 지킬이라면 굴복했을 순간에 하이드는 오히려 사태의 중요성에 알맞게 대처했지. 내 약은 내 방 벽장 중 한 곳에 있었네. 그것을 어떻게 손에 넣을 것인가? 그것이 (손으로 이마를 누르며) 내가 풀어야 할 문제였네. 실험실 문은 잠가 놓았었지. 만일 내가 집으로 들어가려 한다면 하인들이 나를 붙잡아 교수대로 보내겠지. 그래서 다른 사람을 이용할 수밖에 없다는 사실을 깨닫고 래넌을 생각해 냈지. 어떻게 그에게 연락을 취할 것인가? 어떻게 그를 설득할 것인가? 내가 거리를 가다 체포되는 사태를 면한다 해도 어떻게 그의 앞까지 갈 수 있단 말인가? 그리고 불쾌한 미지의 인물인 내가 어떻게 저명한 의사에게 동료인 지킬 박사의 연구실을 뒤져 달라 부탁할 것인가? 그런 뒤 나는 원래의 나, 그 한 부분이 여전히 내게 남아 있다는 사실을 기억했네. 나는 내 필적으로 글씨를 쓸 수 있었으니까. 그리고 그 생각이 떠오르자, 그것이 불쏘시개의 불꽃인 양 내가 해야 할 일을 처음부터 끝까지 환히 비춰 주었네.

    그래서 나는 최선을 다해 매무새를 정돈하고 지나가는 마차를 집어 타고 이름을 기억하고 있던 포틀랜드 거리의 호텔로 갔지. 마부는 내 모습을 보고 (내 옷들이 감추고 있는 운명이 얼마나 비극적이든 내 모습은 참으로 우스꽝스러운 것이었으니까.) 웃음을 감추지 못했네. 나는 무섭게 화를 내며 그를 향해 이를 부드득 갈았어. 그러자 그의 얼굴에서 미소가 사라졌지. 그에게는 다행스러운 일이었지. 나에게는 더욱 다행스러운 일이었고. 안 그랬으면 내가 그 자리에서 당장 그를 끌어내렸을 테니까. 내가 호텔에 들어서며 얼마나 험상궂게 주변을 둘러보았는지 시종들이 벌벌 떨더군. 내 면전에서는 얼굴조차 제대로 쳐다보지 못했어. 하지만 내 명령을 쩔쩔매는 태도로 들어 주었고, 나를 방으로 인도해서 필기구들을 가져다주었네. 목숨이 위태로운 하이드라는 인물은 내게도 낯선 상황이었지. 그는 엄청난 분노에 떨며 살해 의지를 강하게 느꼈고, 고통을 주려는 욕망에 불타는 존재였지. 그러나 약삭빠르기도 해서 엄청난 의지력으로 자신의 분노를 극복하고 있었네. 그리고 두 통의 중대한 편지 ─ 하나는 래년에게, 다른 하나는 풀에게 보내는 ─ 를 완성했네. 그리고 그것들이 확실히 배달되도록 하기 위해 등기로 보냈지.

 그런 뒤 종일 호텔 방 벽난로 불가에 앉아 손톱을 물어뜯고 있었네. 공포에 질린 채 식사도 혼자 했고. 시중을 들던 웨이터가 벌벌 떠는 모습도 역력했지.

그런 뒤 밖이 완전히 캄캄해지자 그는 포장을 친 마차 구석 자리에 앉아 도시의 거리를 이리저리 서성거렸네. 나는 그를 그라고 말하네. 나라고는 말할 수 없으니까. 그 지옥의 자식에게는 인간적인 데가 전혀 없었어. 그의 내부에 살아 있는 것은 공포와 증오심뿐이었네. 그러다 마침내, 마부에게 의심이 들 무렵 마차에서 내려 헐렁한 옷 때문에 사람들의 눈길을 끌며 밤의 행인들 사이를 걸었네. 그때 두 가지 감정, 공포와 증오심이 그의 내부에서 폭풍처럼 강렬하게 고개를 쳐들었네. 두려움에 떨며 스스로에게 혼잣말을 하며, 사람이 적은 길을 잰걸음으로 살금살금 걸어가면서 자정이 올 때까지의 시간을 분 단위로 초조하게 재고 있었지. 한 번은 한 여자가 그에게 말을 걸었지. 성냥갑을 팔려 하는 것 같았어. 하지만 그가 그녀의 얼굴을 갈겼고, 그녀는 도망쳤네.

나는 래년의 집에서 본래의 나로 돌아갔을 때 내 오랜 친구가 보인 공포에 어느 정도 영향을 받았던 듯하네. 나도 모르겠어. 어쨌든 내가 그 시간들을 돌아볼 때의 염오감에 비하면 망망대해 속 물 한 방울에 지나지 않을 것 같네. 내게 변화가 일어났지. 나는 더 이상 교수대에 대한 두려움이 아니라 하이드라는 존재에 대한 공포심으로 괴로웠지. 래년의 비난을 듣는 동안 나는 거의 비몽사몽 상태였어. 집에 돌아가 침대에 들어갈 때까지 그런 상태가 계속되었네. 그날 하루 동안 있었던 일들 때문에 워낙 피로해 바로 잠에 빠져들었고, 그 잠은 그전까지 나를 괴롭히던 악몽조차 깨뜨릴 수 없을 만큼 철저하고 깊었네. 아침에 잠에서 깨어났을 때는 불안하기도 하고 마음도 약해졌지만 기운은 좀 났지. 내 안에서 잠자고 있던 그 야수가 증오스러웠고, 그에 대한 생각만으로도 여전히 두려웠네. 그리고 물론 전날의 끔찍한 공포를 잊지 않았어. 하지만 이제는 내 집에, 내 약 가까이에 있어서 안심이 되었지. 그리고 내가 무사히 위기를 넘겼다는 사실에 대한 진심 어린 감사의 염이 워낙 강하게 내 영혼을 채우고 있어서 거의 희망의 밝기에 필적할 정도였지.

그러다 아침 식사 후 한가하게 마당으로 내려갔네. 상쾌한 기분으로 차가운 공기를 마시고 있는데 다시 한번 변신 직전의 형언할 수 없는 느낌이 나를 찾아왔네. 나는 변신이 오기 직전에 가까스로 내 방으로 몸을 피할 수 있었네. 그러고는 다시 한번 하이드가 되어 하이드다운 감정으로 부글거리기도 하고, 얼어붙기도 했지. 이번에는 원래의 나로 돌아가기 위해 약을 두 배로 마셔야 했네. 그러고 나서 여섯 시간 후, 맙소사, 슬픈 심정에 사로잡혀 벽난로 앞에 앉아 있는데 또 고통이 느껴져 또다시 약을 먹어야 했지. 그날부터 나는 체조선수와도 같은 엄청난 노력에 의해서만, 그리고 약이 들어간 직후에만 지킬의 모습이 되었네. 이 예후적 오한은 밤낮을 불문하고 나를 찾아왔네. 무엇보다 잠이 들거나, 혹은 의자에 앉아 조금 졸기라도 하면 언제나 하이드가 되어 깨어났네. 이 저주 때문에 나는 지속적으로 긴장 상태에 있을 수밖에 없었지. 그리고 이제 저주라도 받은 듯 지속적으로 졸음이 왔네. 그렇네, 인간이 감당할 수 없을 만큼의 졸음이었네. 그런 것들로 인해 나는 열에 들뜨고 멍해졌지. 정신과 신체 양면에서 기운을 잃고 단 한 가지 생각, 즉 제2의 나에 대한 공포에만 사로잡혔네. 그러나 잠이 들거나 약 기운이 떨어지면 이제는 거의 아무 중간 단계도 없이 (변신에 따른 고통도 매일매일 줄어들고 있었네.) 제2의 내가 되었네. 영혼은 무시무시한 이미지로 가득 찬 공상과 이유 없는 증오심으로 부글거렸고, 육체는 넘치는 에너지를 주체하지 못했지. 지킬이 병약해지는 것에 반비례해서 하이드의 힘은 오히려 증가하는 것 같았네. 그리고 이제 그들은 서로를 무시무시하게 증오하게 되었네. 지킬의 경우는 그것이 생사를 가르는 본능의 문제였네. 그는 이제 의식의 일정 현상을 자신과 공유하며 죽음도 동등하게 상속하는 그 인물의 불구적인 인격의 전모를 볼 수 있었네. 그리고 의식의 일정 부분과 운명을 그 인물과 공유한다는 사실이 통렬하게 고통스러워졌네. 또한 하이드는 그 생명력에도 불구하고 지옥 같은 존재일 뿐 아니라 비유기적인 존재라는 결론을 내리게 되었어. 정말 충격적인 일이었지. 그 구덩이의 진흙 같은 존재가 외침 소리를 내고 목소리를 가지고 있다는 사실도, 그 무정형의 먼지 같은 존재가 인간처럼 움직이며 죄를 지었다는 사실도, 생명이 없고 형태도 없는 존재가 삶의 공간을 탈취해 살고 있다는 사실도, 또한 이 무시무시한 반란자가 아내보다 더 가까운 곳에, 그의 눈보다 더 가까운 곳에 그의 일부로 엮여 있다는 사실도, 그리고 자신이 약해져 있는 모든 순간과 잠이라는 신뢰의 시간에 그의 의사를 무시하고 그를 제압해 생으로부터 몰아낸다는 사실도. 반면 지킬에 대한 하이드의 증오는 그와는 종류가 달랐지. 그는 교수대에 매달리게 될까 봐 두려워 끊임없이 자살을 생각했고, 사람이라기보다 역할이라는 부차적 상태가 되었지. 그러나 그래야 한다는 사실을 증오했고, 지금 지킬이 경험하고 있는 침울한 상태를 증오했으며, 지킬이 자신을 혐오한다는 사실에도 분개했네. 그 결과 원숭이 같은 장난으로 나를 골탕 먹였지. 내 책 아무 곳에나 내 필적으로 신성모독의 말들을 적어 놓고, 내 편지들을 태우고 내 부친의 초상화를 부수는 등. 그리고 죽음이 두렵지만 않았다면 아마 나를 파괴하기 위해서라도 오래전에 자신을 망쳤을 거야. 하지만 목숨에 대한 그의 집착은 대단했네. 그 이상이지. 하이드를 생각만 해도 토할 것 같고 얼어붙는 나도 생에 대한 그의 집착의 비굴함과 강렬함을 생각하면, 그리고 내가 자살함으로써 그를 제거할 수 있다는 사실을 그가 얼마나 두려워했는지를 생각하면 그에게 동정이 가기까지 하네.

이런 묘사를 계속해 보았자 아무 소용 없고, 내게 그럴 시간도 남아 있지 않군. 그런 고통은 어느 누구도 겪어 보지 않았을 거라고 말하는 것으로 족하겠지. 하지만 이조차 습관이 되니 고통이 줄어들지는 않았어도 무감각해지기는 했네. 영혼 속에서 절망을 어느 정도 받아들이게 된 것이지. 그리고 마침내 닥친 최후의 대재난, 즉 나 자신의 얼굴과 성격으로부터 나를 최종적으로 갈라놓은 그 사건만 아니었다면 몇 해고 계속해서 그 같은 처벌을 받으며 지냈을 것이네. 그런데 첫 실험 이후 한 번도 더 주문한 적이 없는 내 분말의 비축량이 현저히 줄어들기 시작했어. 그래서 새로 주문을 했지. 그리고 새로운 재료로 약을 제조했네. 하지만 비등도 일어났고 첫 번째 변색도 일어났는데, 두 번째 변색이 뒤따르지 않았어. 그 혼합물을 마셨지만 아무 효과가 없었어. 내가 런던을 얼마나 샅샅이 뒤졌는지는 풀이 말해 줄 걸세. 그래도 아무 소용 없었네. 그러니 내가 처음 구매한 분말에 불순물이 섞여 있었던 게 틀림없지. 그 미지의 불순물 때문에 그 약에 효험이 생겼던 것이고.

　그런 사태가 발생한 지 일주일 정도 지났네. 이제 처음 구입한 분말의 마지막 분량으로 만든 약 덕분으로 이 진술서를 마치네. 이제 기적이 일어나지 않는 한 헨리 지킬이 자신의 생각을 하고, 거울에서 자신의 얼굴(얼마나 슬프게 변했는지!)을 보는 것은 지금이 마지막이네. 그러니 더 이상 시간 끌지 않고 이 글을 마치겠네. 이 글이 지금까지 파괴되지 않고 남아 있는 것도 엄청난 신중함과 행운이 결합된 덕분이지. 이 글을 쓰는 동안 변신이 일어난다면 하이드는 그것을 발기발기 찢어 버릴 테지. 그러나 만일 내가 그것을 잘 감추어 놓은 뒤 변신이 일어난다면 아마도 편지를 구해 낼 것 같네. 그의 경이로운 이기심과 원초적인 근시안 덕분에 그의 원숭이 같은 앙심에 따른 행위의 손길을 피할 수 있을 테니. 그리고 운명적인 죽음이 우리 둘을 향해 다가오고 있기에 그는 이미 변화했고, 기운이 꺾였네. 지금부터 30분 후 내가 다시, 그리고 영원히 그 증오스러운 인간의 모습을 하게 되면 나는 의자에 앉아 벌벌 떨며 울고 있거나, 혹은 극도의 긴장과 공포 속에서 위협적인 소리를 놓치지 않기 위해 귀를 쫑긋 세우고 이 방(내 지상에서의 마지막 은신처)을 계속 서성댈 거야. 하이드가 결국 교수대에서 죽을 것인지, 아니면 마지막 순간에 자신을 해방시킬 용기를 발견할 것인지는 하느님만 아시겠지. 나는 관심이 없네. 지금 이야말로 내가 진정으로 죽는 시간이고, 이후의 시간은 나 아닌 다른 사람의 일이니까. 이제 펜을 내려놓고 이 고백서를 봉하려 하네. 그럼으로써 불행한 헨리 지킬의 삶을 마감하네.

옮긴이의 글

점잔 떠는 사회의 '위선'을 고발하다

『지킬 박사와 하이드 씨의 기이한 이야기』의 저자 로버트 루이스 스티븐슨은 1850년 스코틀랜드 에든버러에서 대대로 토목공학기사를 배출해 온 시민계급 집안의 독자로 태어났다. 어머니는 양반 계급인 목사 집안의 딸이었는데, 외가 식구들이 체질적으로 폐가 약한 것으로 알려져 있다. 스티븐슨은 이런 외가의 체질을 물려받아서 평생 약골로 지내다가 1894년 마흔네 살의 나이로 사망했다.

어린 시절의 스티븐슨은 잦은 병치레 때문에 정기적인 학교생활을 하지 못한 채 가정교사의 손에서 교육을 받았고, 1867년에는 가업인 토목공학을 전공

할 예정으로 에든버러대학교에 입학했으나 주로 미술을 하는 사촌과 어울려 다녔다고 한다. 결국 문필가가 되고 싶다는 의사를 아버지께 밝히면서 1871년 타협안으로 법률학으로 전공을 바꾸고, 몇 년 후 변호사 자격증을 땄지만 아주 잠깐 외에는 변호사 생활은 하지 않고 비교적 일찍 소설과 수필 등을 발표하며 작가생활을 시작했다.

스티븐슨은 고질병인 폐 관련 질환으로 적절한 요양지 내지 정착지를 찾아 유럽과 미국, 남태평양 등을 전전하며 여행을 자주 했는데, 그 덕분에 여행기 작가로도 문명을 얻었다. 바람기 많은 남편과 별거하고 자식들과 유럽여행을 하던 연상의 미국인 기혼 여성으로 나중에 평생의 반려가 된 아내 패니 반 데 그리프트 오스본(1840-1914)도 1876년 프랑스에 요양 여행을 갔다가 만났다.

스티븐슨은 패니와 헤어져 스코틀랜드에 돌아왔지만 그녀를 잊지 못해 친구들의 반대를 무릅쓰고 가족에게도 알리지 않은 채 그녀를 찾아 단신으로 미국행을 감행했다고 한다. 그렇지 않아도 약한 몸으로 이

등선실에서 홀로 대서양을 건너 샌프란시스코에 있던 패니를 찾아가다가 건강이 악화되어 죽음 직전까지 갔는데, 그 사이에 이혼한 패니의 간호로 간신히 건강을 회복한 일화가 유명하다.

건강을 어느 정도 되찾고 나서 1880년 패니와 결혼한 스티븐슨은 젊은 시절 종교나 사회에 대한 급진적인 견해로 ― 스스로 "시뻘건 사회주의자"를 자처했다 ― 부모와 사이가 멀어졌기 때문에 생계를 위해 필사적으로 글쓰기에 매달렸고, 그래서 이 시기에 『보물섬』, 『유괴』, 『지킬 박사와 하이드 씨의 기이한 이야기』 등의 걸작을 잇달아 내놓았다.

1887년 부친 사후에는 가족들과 태평양을 요트로 여행하며 정착지를 찾는 과정에서 하와이와 타히티, 뉴질랜드 등에서 생활했다. 1890년 사모아 섬에 정착한 뒤에는 사모아 섬의 정치 상황 개선을 위해 노력했고, 스스로는 이미 보수주의자로 전향했다고 자처했으나 비판의식까지 무뎌진 것은 아니어서 그곳의 식민 통치 현실을 비판하는 『역사의 각주』라는 책자를 써서 상황을 개선시켰고, 현지 사모아인들의 존경과 사랑을 받았다.

스티븐슨은 생전에는 사회적인 존경과 사랑을 받은 유명 작가였으나, 사후에는 레너드와 버지니아 울프 부부 등 고급문학 작가들의 신랄한 비판과 경멸의 대상이었다. 그 결과 20세기 대부분 동안 스티븐슨은 아동물이나 괴기물 따위를 쓰는 이류작가 정도로 취급되었다. 무려 2000쪽에 달하는 1973년의 『옥스퍼드 영문학 앤솔로지』나 전 세계에서 가장 권위 있는 영문학 교재로 널리 사용되어 온 『노튼 앤솔로지』에서도 1968년에서 2000년 8판까지 스티븐슨의 이름은 등장도 하지 않는다.

하지만 그의 탁월한 문학적 성취에 대해서는 마르셀 프루스트나 잭 런던, 헨리 제임스, 베르톨트 브레히트, 어니스트 헤밍웨이, 호르헤 루이스 보르헤스, 블라디미르 나보코프 등 쟁쟁한 동시대와 현대의 작가들이 두고두고 진지한 존경의 염을 표시했고 깊이 있는 분석도 내놓았다. 그리고 그들 견해의 타당성을 증명이라도 하듯, 20세기 말엽에서 최근에 이르는 시기에 그는 더욱 진지한 관심의 대상이 되어 2006년 『노튼 앤솔로지』 9판 이후부터는 그의 작품이 포함되게 되었다. 학자들과 평자들에 의한 재평가도 활발해서 지금은 인간과 당대 사회에 대한 통찰력이 남다른 작가, 문학이론가, 수필가, 사회평론가, 남태평양 섬들의 식민시대사의 증인, 휴머니스트 등으로 문학사에서 확고한 지위를 확보하고 있다.

스티븐슨의 문단 내 평가는 이렇게 부침을 겪었지만, 그의 작품에 대한 독자의 사랑은 작가의 사후에도 한 세기가 넘는 기간 동안 비교적 변함이 없었다. 세계문학 번역 지표로 보자면, 스티븐슨은 오스카 와일드나 에드거 앨런 포 같은 유명한 작가들보다도 앞선 세계 26위를 기록하고 있다. 아마도 그의 『보물섬』을 어떤 형태로든 접하지 않고 자라는 어린이들은 세계적으로도 그리 많지 않을 것이다. 『지킬 박사와 하이드 씨의 기이한 이야기』의 경우도 그 작품에 대해 모르는 성인은 찾기 힘들 터인데, 작품까지는 아니라도 이 한 쌍의 이름을 모르는 사람은 더더욱 드물 것이다.

하지만 『지킬 박사와 하이드 씨의 기이한 이야기』가 이처럼 유명하다고 해서 실제로 그만큼 많은 사람들이 이 작품을 온전히 읽고 감상했다고 볼 수는 없다. 유명한 고전이라 줄거리나 내용이 널리 알려진 작품일수록 사실 작품을 읽지 않고도 안다고 착각하기 쉽기 때문이다. 더욱이 이 작품처럼 축약본이나 각색본으로 쉽게 접할 수 있고 중심인물의 이름이 이미 보통명사가 되다시피 한 작품의 경우는 더 말할 나위도 없다. 그러나 이 작품에 대한 상식적 지식 정도로 우리는 과연 그것을 충분히 이해하고 진가를 즐기고 있다고 말할 수 있을까?『지킬 박사와 하이드 씨의 기이한 이야기』는 과연 그렇게 작품의 줄거리나 중심인물 정도만 알면 되는 작품인가?

『지킬 박사와 하이드 씨의 기이한 이야기』의 주인공인 지킬 박사와 그의 변신인 하이드 씨는 오늘날 각각 인간의 선한 면과 악한 면을 대변하는 대명사처럼 쓰인다. 하지만 나보코프를 비롯하여 이미 많은 평자들이 지적했듯이, 작중에 그려진 두 인물은 그런 상식이 전제하는 것만큼 선명하게 대조적인 인물들은 아니다. 하이드가 지킬과 필적이나 서명이 같다는 것은 작중에서 중요한 단서이기 때문에 모르고 넘어갈 수 없는 사실이거니와, 그 외에도 지킬 박사의 친구인 어터슨 씨가 하이드의 방에 가서 실내장식이나 기물들을 보고 지킬 박사가 꾸며 주었구나 짐작할 만큼 두 사람의 취향도 유사하다. 나아가 하이드는 후에 살인을 저질러 스스로를 보호해야 할 필요가 생기기 이전부터 지킬 박사로 되돌아가기 위해 자의로 약을 복용할 만큼 지킬 박사와는 뗄 수 없는 관계에 있다.

지킬 박사는 어떤가? 최근 들어 인기를 누리고 있는 현대판 뮤지컬 버전에서 보면 지킬 박사의 실험 동기조차 선한 것이고 하이드는 우연의 산물이어서 지킬 박사 자신은 선의 화신이라고 볼 만하지만, 원작에 그려진 지킬 박사는 순수한 선과는 거리가 멀다. 무엇보다도 그는 살인 사건이 벌어질 때까지는 스스로 부도덕하고 악하다고 여긴 성향에 대해 전혀 양심의 가책이 없다. 오히려 양심의 가책 없이 그런 성향을 발휘하고 즐기기 위해서 의도적으로 악한 인물로 둔갑하는 약을 개발한 것이다. 또한 이 과정에서 오랜 지기인 래년 박사를 자기 실험의 도덕성에 문제를 제기했다는 이유만으로 배척하는 고집 세고 편협한 인물이기도 하다. 그러니까, 실은 자신의 성격을 약한 면, 어두운 면과 훌륭하고 선한 면으로 구분한 뒤 전자를 감추고 후자를 내세워 사회적 존경을 받는 것을 즐기는 극단적으로 위선적인 인물이다.

이런 맥락에서 주목할 만한 것은 이 작품의 주제에 대한 스티븐슨 자신의 발언이다. 많은 평자들이 이미 지적했지만, 이 작품에서는 하이드 씨의 악행에 대한 묘사가 밤거리 소녀에 대한 구타와 커루 살인사건을 제외한다면, 막연하게만 이루어져 있다. 따라서 발표 당시부터 하이드의 평소 타락상의 구체적인 모습에 대해 논란이 많았고, 특히 이 소설을 시각예술로 각색하는 사람들에게는 이것이 중요한 도전거리이기도 했다. 이 구체화 과정에서 일반적으로 택한 것이 하이드를 성적으로 방종하고 타락한 인물로 그리는 것이었는데, 스티븐슨은 바로 이 성적 방종의 추측은 자신의 의도를 전적으로 잘못 짚은 것이라며 친구인 존 폴 보콕에게 보낸 편지에서 다음과 같이 말한다.

그〔하이드〕는…… 맙소사! 단순한 쾌락주의

자가 아니야…… 쾌락주의자는 해를 끼치지 않아…… 해로운 건 지킬이지, 위선자니까…… 사람들이 너무 어리석고 도착적인 욕정에 가득 차 있어서 성적인 것밖에는 생각할 줄 모른다니까.

작가의 말도 그렇지만 실제로도 작품을 찬찬히 읽어 보면, 그 초점은 지킬 박사의 '위선'이다.

그렇다면 스티븐슨이 지킬 박사의 위선을 부각함으로써 이 작품에서 성취하는 것은 무엇인가? 우리가 주목해야 할 것은 지킬 박사가 극단적인 유형일지는 모르나, 학문적 열정, 종교심과 자선 등으로 나타나는 그의 선한 면을 통해 빅토리아 시대 영국 사회가 지향했던 가치를 체현한 인물, 그래서 사회적으로 특별한 존경을 받는 인물이라는 사실이다. 그런 선의 화신의 추하고 사악한 이면을 보여 주고 그 파멸을 그림으로써, 스티븐슨은 무엇보다도 빅토리아 사회가 지향하는 가치관이 실제로는 위선을 부추길 뿐 불가능하다는 점을 상기시켜 준다. 그리고 그럼으로써 인간을 이성과 감성, 지성과 본능, 선과 악으로 갈라서 전자를 장려하고 후자를 억누르는 빅토리아 시대 영국 사회의 사고방식—오늘날 우리가 '로고스' 중심주의라고 부르는 것—에 근본적 비판의 화살을 겨누었다고 할 수 있다.

하지만 작품이 겨냥하고 있는 것은 아무리 모범적인 지배계층의 인물이라 해도, 부족한 개인인 지킬 박사라는 극단적인 예는 아닐까? 그 개인에 대한 묘사를 과연 빅토리아 시대의 지배적 사고방식, 그 로고스 중심주의에 대한 비판이라고까지 할 수 있을까?

이 문제와 관련해서 주목할 것은, 지킬 박사의 친우로 작중에서 상식을 대변하는 인물이기 때문에 지킬의 기이한 이야기를 믿을 만한 것으로 만들어 주는 장치이기도 한 어터슨 씨라는 인물이다. 작품은 어터슨 씨에 대한 비교적 상세한 묘사로부터 시작하는데, 그 묘사에 따르면 그는 무미건조하지만 이해심이 있고 상식적인 사람이다. 지킬 박사처럼 선의 화신이자 모범은 아닌 것이 분명하지만 그만큼 극단으로 기울지 않아 이중적일 필요가 없는 인물이기도 하다.

하지만 작품이 제시하는 어터슨 씨는 결코 가치중립적이거나 독자가 전적으로 긍정할 수 있는 인물은 아니다. 실은 하이드가 지나가는 소녀를 짓밟은 사건이 일어났을 때부터 어터슨 씨가 지킬 박사와 하이드의 관계에 대해서 갖는 의심이 작품을 이끌어 가는 주요 동력인데, 이 과정에서 그가 보여 준 태도는 한결같이 지킬 박사의 위선과 그 잔인한 결과의 방조로 귀결된다. 이는 지킬 박사와의 우정 때문이기도 하지만, 더 중요하게는 그가 지킬 박사의 이상과 그 선의를 근본적으로 신뢰하고 있기 때문이다. 그런 의미에서 지킬 박사는 극단적인 예인지는 모르지만 빅토리아 시대의 지배적인 가치관을 대변하는 인물이지 그에 반하는 인물은 아니며, 따라서 그에 대한 비판은 그 지배적인 가치관에 대한 비판이 되는 것이다.

이와 관련해 또 하나 주목할 만한 점은 출간 당시부터 『지킬 박사와 하이드 씨의 기이한 이야기』가 선풍적 인기를 끌게 된 요인 중 하나, 즉 헨리 제임스 같은 대가가 크게 칭찬하기도 한, 이 작품의 솜씨 있는 플롯 전개이다. 지금 독자들은 결말을 잘 알고 있지만, 당시 독자에게는 하이드 씨의 정체가 감춰져 있어서 작가가 슬쩍슬쩍 흘리는 가짜 단서들을 따라가다가 마지막에 의외의 결론에 도달했을 때 그 효과가 만점이었다. 명시적으로 말하지 않으면서 하이드가 강간범일 가능성, 지킬 박사의 과거 동성 연인으로서 현재는 그 약점을 쥐고 그를 협박하는 협박범일 가능성, 지킬 박사의 사생아일 가능성 등이 차례차례 제기되고 버려지는 과정이 일반 추리소설은 저리 가라 할 만큼 장인의 경지다.

그런데 바로 이런 추정 내지 의심을 통해 스티븐슨이 하는 일도 당대 빅토리아 시대의 점잖은 신사들의 이면을 슬그머니 비판을 가하는 것이다. 오늘날에도 주의를 기울이며 읽으면 재미가 만만치 않은 이 작품의 플롯이 성취하는 효과의 하나는, 바로 그 같은 위선적인 세계관을 앞세워 영국 국내뿐 아니라 세계적인 제국의 경영자 노릇을 하던 영국 지배계층에 대한 신랄한 비판이다.

로고스 중심주의와 그 폐단, 그것을 내세워 세계를 경영하는 대영제국 지배계층에 대한 비판이라는 맥락에서 보면, 이 작품에서 지킬 박사의 위선과 악행이 과학의 뒷받침을 받고 있다는 사실도 의미심장하다.

근대 들어 서양의 과학이 눈부신 발전을 이루고 합리주의와 계몽주의를 통한 문명 발전의 바탕을 이루었지만, 바로 이 합리주의, 계몽주의, 과학주의라는 이름으로 서양에 의한 세계 다른 지역의 식민주의적 침탈과 착취가 자행되었고, 그 가공할 파괴력으로 인류의 생존 자체를 위협하게 된 것도 사실이다.

그런 의미에서 이 작품은 지킬 박사의 과학적 실험과 그 결과 이룩된 놀라운 발견, 그리고 그 타인에 대한 해악과 자멸이라는 결과를 통해, 과학적 탐구가 존경할 만하고 가치중립적인 것으로 보이지만 실은 스스로 통제할 수 없는 엄청난 비인간적 결과를 낳을 수 있다는 사실을 앞서서 경고하고 있다.

이렇게 『지킬 박사와 하이드 씨의 기이한 이야기』는 얼핏 보면 주로 인간 본성의 양면이나 그 갈등을 다룬 것처럼 보이지만, 그런 문제를 단순히 추상적으로 성찰하기보다 구체적인 현실 속에서 그 핵심적인 문제의 일부로서 다루고 있다는 면에서 남다르다. 그렇게 보면 『지킬 박사와 하이드 씨의 기이한 이야기』가 두고두고 많은 독자들의 사랑을 받고 우리 시대의 보통명사가 된 것은 우연이 아니다.

    이번에 선보이는 새 번역으로 더욱 많은 우리 시대 독자들이 이 고전적인 작품의 참 맛을 즐기고 통찰을 더할 수 있기를 소망한다.

① 존 싱어 사전트, 「스티븐슨과 그의 아내 패니」(1885)

② 존 싱어 사전트, 「스티븐슨의 초상화」(1887)

③ 스티븐슨의 10대 시절(1866)
④ 프랑스 시절의 스티븐슨(1876)
⑤ 스무 살의 스티븐슨

⑥ 1882년
⑦ 1886년
⑧ 변호사 모습의 스티븐슨(1892)

⑨ 아내 패니 오스본(1885)
⑩ 아내, 딸, 어머니와 함께 찍은 가족사진 (1893년)

⑪ 사모아 발리마 마을에서 부족장과 함께
⑫ 마을 사람들과 함께 뒷마당에서

⑪

⑫

⑬ 1920년 영화 포스터
⑭ 1941년 영화 이미지
⑮ 1931년 영화 이미지

옮긴이 | **전승희**

서울대학교와 하버드대학교에서 영문학과 비교문학 박사학위를 받았으며, 현재 보스턴칼리지에서 강의하고 있다. 문예계간지 《ASIA》 편집위원으로 활동했으며, 권여선, 은희경, 한강, 황정은 등 다수의 한국문학 작품을 영어로 소개해 왔다. 옮긴 책으로 제인 오스틴의 『오만과 편견』, 『설득』, 『에드거 앨런 포 단편선』, 앨런 홀링허스트의 『아름다움의 선』 등이 있다.

지킬 박사와 하이드 씨의 기이한 이야기

1판 1쇄 펴냄 2019년 1월 25일
1판 6쇄 펴냄 2024년 9월 20일

지은이 로버트 루이스 스티븐슨
옮긴이 전승희
발행인 박근섭, 박상준
편집인 양희정
펴낸곳 **(주)민음사**

출판등록 1966. 5. 19. (제16-490호)
주소   서울시 강남구 도산대로1길 62
         강남출판문화센터 5층 (06027)
대표전화 02-515-2000 팩시밀리 02-515-2007
www.minumsa.com

© 전승희, 2019. Printed in Seoul, Korea

ISBN 978-89-374-3967-4 (03840)

* 잘못 만들어진 책은 구입처에서 교환해 드립니다.